世界最強の
勇
追放され
異世界無双～
《職業貸与者》
ジョブ・レンダー
九十九弐式 Illust. 桑島黎音

CONTENTS

CHARACTERS

「お前達に貸してた職業、返してもらうからな」

トール

ジョブ・レンダー《職業貸与者》。
ただの荷物持ちだとして
勇者パーティーを追放される。
実は『最大四人の人間(自分を含む)』相手に、
どんな職業でも貸与することができる
唯一無二の天職に就いている。

エミリア

王国グリザイアの王女。
トールの幼馴染。
トールから『聖女』の職業を借り受け、
一緒に旅をすることに。

「す、すごい！　トール！　わ、私、聖女になったの!?」

セフィリス

エルフ国の王女。
国の危機を救う為、
トールから『弓聖』の職業を借り受ける。

「私にできることなら、なんなりとお申し付けください」

ラカム

元勇者。
本来はただの村人ではあるが、
トールから『勇者』の職業を
借り受けていた。
本人は自身が村人に戻ったことに
気づいていない。

「く、くそっ！　なんでだっ！　なんで俺の封印された力が目覚めねぇんだっ！　俺は勇者なのに！」

ネメシス

千年前にエルフ国に
封印された邪神。
エルフ国を滅ぼすべく、
トール達と敵対する。

「邪神か。余をそう呼ぶ者もいたな」

ルシファー

魔王軍四天王の一角。
穏やかな印象の美少年ではあるが、
強烈な邪気を放っている。

「ちっ！　余計な真似を！　そいつは僕の玩具なんだよ！　邪魔するなよ！」

「じゃーん！」
試着室のカーテンが開かれる。
そこには、えらく露出度の高い、
水着のような防具を身に着けた二人の姿が・・・⁉

ダッシュエックス文庫

世界最強のジョブ・レンダー《職業貸与者》

～パワハラ勇者パーティーから追放された少年の異世界無双～

九十九弐式

プロローグ　～ジョブ・レンダー《職業貸与者》パワハラ勇者パーティーを追放される～

十五歳になる時に天職を授かる世界。

俺達五人の幼馴染は、勇者として魔王を倒す為に旅立つ時がやってきた。

旅立つ前に、俺達は王国グリザイアの国王から説明を受けることとなる。

「よいか。そなた達は五人でひとつのパーティーだ。いかなる時も離れ離れになってはならぬ。絶対にだ。たとえ足を引っ張る者が現れても支えあい、旅を続けるのだ！」

俺達は国王から、そう説明を受けた。

「わかっていますよ！　国王陛下！」

「ええ！　当たり前じゃないの！　私達は五人でひとつのパーティーなんだから！」

「その通りだぜ！」

「ええ！　その通りです！　僕たちはいつも一緒です！」

俺の名はトール、与えられた天職は『ジョブ・レンダー《職業貸与者》』という職業だった。

ジョブ・レンダー《職業貸与者》のスキルは『最大四人の人間を含む』相手にどんな職業でも貸与することができる。

俺は旅立つより前に、四人のパーティーメンバーに職業（ジョブ）を貸し与えた。

村人ラカムには『勇者』を。

遊び人メアリーは『大魔法使い』を。

農民ルードには『聖騎士』を。

さらには無職グランには『大僧侶（だいそうりょ）』を。

だが、その代償として、職業を貸し与えた俺は、戦闘面からすれば無能力者となってしまう。

仕方なく俺はパーティーの荷物持ち（ポーター）として貢献することを決めたのである。

「特に彼、トール君と決して離れ離れになってはならぬぞ！　よいなっ！　彼はジョブ・レンダー《職業貸与者》として君達に職業を与えているんだぞ！　絶対に離れ離れになってはならぬぞっ！」

国王はラカム達に念を押していた。

「わかってますよ！　俺達は支えあってこそのパーティーなんですから！」

「ええっ！　わかってるわ！」

「俺達はなんていったって仲間なんだからな！」

「困った時は皆で助け合いますよ！」

この時はまだ、俺達のパーティーとしての結束は固いのだと信じて疑わなかった。

「よし！　では旅立つのだ！　勇者達よ！　諸君の活躍に世界の未来がかかっているのだ！」

「「「「はい！」」」」

「トール……」

美しい少女が俺に声をかけてくる。白いドレスを着た絶世の美少女。王国グリザイアの王女エミリア。そして俺の幼馴染だ。

「気を付けてね。トール」

「安心しろ、エミリア。絶対に無事に帰ってくる」

「うん。トールなら大丈夫よ、私信じている」

エミリアは寂しそうな目で俺を見てきた。

俺達は旅立つ。世界の未来がかかった旅に。魔王討伐(とうばつ)の旅に出かけるのであった。

◇

その後、勇者パーティーは連戦連勝を続けていた。モンスター達をちぎっては投げ、村や王国の人々、そしてギルドの人々からも感謝され、至るところで功績を残していった。

全ては俺がジョブ・レンダー《職業貸与者》でチート職業を貸与していたからこそできていたことなのだが、彼らはそのことに対して不満に思っていたようだ。

「トール、お前さ。さっきからずっと俺達が闘っているところを見てただけだよな?」

ラカムが聞いてくる。

「何か不満でもあるのか？」

「大ありだろ！　何もしないでサボってばかりいやがって！」

「同感だ！　トールは俺達の闘いを見ているだけでパーティーになんの貢献もしていない！」

ルードが怒鳴ってくる。

「大体、トールが俺達に職業を貸している、っていうのがおかしな話だと思うんだ。俺達が、そんな外れ職業に選ばれているわけがねぇ！　この勇者ラカム様は勇者になるべく生まれてきた人間なんだからな！　だから俺様は勇者に選ばれているに決まっているんだ！」

「同感よ！　この大魔法使いメアリーも、絶対大魔法使いになるために生まれてきたのよ！そうに決まっているわ！」

「同感だ。俺は聖騎士になるために生まれてきたような男だからな。トールが俺達に職業を貸し与えているなんてとても思えない」

「ええ！　その通りです！　聡明な僕が外れ職業に選ばれているはずがありません！　なぜトールのようなただの荷物持ち（ポーター）が僕たち勇者パーティーにいるのか、理解に苦しみます」

各々（おのおの）が勝手なことを言い始めた。

「お前達、国王陛下に言われたことを忘れたのか？　俺達は五人でひとつのパーティーなんだぞ。一人でも欠けたらだめなんだ」

「今更そんなこと。もう結構前の話じゃねぇかよ。俺、思うんだよ。実はトールが俺達に職業を貸しているのなんてただの嘘でさ。本当はこいつ、ただの天職が『荷物持ち（ポーター）』だったんだよ！」

「ぷふふっ！　なにそれっ！　ありそうっ！　ありそうねっ！」

「それで、俺達勇者パーティーの功績にしがみつきたいトールが、咄嗟にそんな嘘をついたんだ！　俺達に職業を貸してるって嘘をつけばただの荷物持ちでもパーティーに一緒にいられるからなっ！」

「なるほど……そういうわけか。まるでコバンザメだな。勇者パーティーの功績にしがみつき、それで何もしないで利益を得ようとしていたのか、こいつは。なんとずるがしこいやつだ」

「何もできない外れ職業の荷物持ちでも勇者パーティーの一員ともなれば、世界を救った際、英雄扱いされます！　きっと多額の報酬ももらえ、その後の生活も保障されるでしょう！　何もできない無能のトールなりに考えたんですね」

　四人は俺の存在価値を疑いはじめ、嘲り始めた。

「ほ、本気で言ってるのかよ、お前達。俺がそんな嘘をついてまでお前達と一緒にパーティーをやっているのだと」

「ありえそうだぜ！　なにせお前の幼馴染はあの王女エミリア様なんだからな。きっと、あの王女様とつり合いを取るために、勇者パーティーの一員としての功績が欲しかったんだ！　世界を救った英雄の一員として、勲章が欲しかったんだろうぜ！」

「なんと浅ましく、見苦しい奴だ。そんな見栄を張ってまで、王女エミリア様に気に入られたかったのか！」

「ふざけるな！　お前達！　いい加減にしろよ！　俺は嘘なんて言ってない！　俺はただの

荷物持ち（ポーター）じゃなくて、ジョブ・レンダー《職業貸与者》なんだ！　俺はお前達に職業（ジョブ）を貸しているんだ！　ラカム、お前は勇者じゃなくて村人なんだ！」

　俺は叫ぶ。

「そんな大嘘はいいから。出てけよ！　荷物持ち（ポーター）。俺達最強の勇者パーティーにただの荷物持ち（ポーター）なんて必要ねぇんだよ」

「その通りだ！」

「そうよ！　そうよ！」

「そうです！　僕たち勇者パーティーに荷物持ち（ポーター）なんて必要ないんですよ！」

「くっ！」

　ついには、ラカム達は国王の言いつけを破り、俺をパーティーから追い出そうとしたのだ。

「本当にいいのか？　俺はジョブ・レンダー《職業貸与者》としてお前達に職業を与えてたんだぞ。お前達は本当はただの外れ職業で……」

「いいから。俺達、最強の勇者パーティーに、ただの荷物持ち（ポーター）なんて必要ないんだよ。出てけよ、トール！」

　自分を本当の勇者だと思い込んでいるラカムは、俺にそう告げてくる。

「そうか……わかった。出てくよ。俺は」

　俺は出来るだけ説得した。だが、こいつらは聞き入れようともしなかった。

　去り際に俺は呟（つぶや）く。そう、俺のジョブ・レンダー《職業貸与者》としての能力は一緒にいないと効果が持続しないのだ。距離が離れると強制返却(リターン)される。

「お前達に貸してた職業、返してもらうからな」

こうして俺はラカム達のパーティーから追放された。

しかし、この時から連戦連勝できていた勇者パーティーは連戦連敗していく。

そして周囲の評価も地の底まで落ちていくのであった。その時はまだ彼らはそのことを想像すらしていなかったのである。

「ちっ……なんだよ、あいつら。あれだけ俺が説得したのに。それに国王だってあれだけ念を押していたのに」

俺のことをただの荷物持ち（ポーター）だと思って馬鹿にしやがって。だがまあいい。これで俺のジョブ・レンド《職業貸与》の枠（わく）は余った。最大四人まで。そしてそのうちの一人は俺自身が使用することができる。

俺は自由になったのだ。そして俺は闘う力を得た。何をしても自由だ。冒険者になるのもいい。そうやって自由気ままに生活するのも良かった。

俺はもう勇者パーティーのお荷物ではない。ただの荷物持ち（ポーター）ではないのだ。

俺がそう思っていた時だった。

「ヒヒイイイイイイイイイイイイイイイイイン！」

馬の嘶き（いなな）が聞こえてくる。その時、周りの風景を見た俺は、旅立った王国グリザイアの近くに偶然いたことに気付く。

「なんだ？」

見ると馬車が襲われているではないか。あれは王国の馬車。乗っているのは王族だ。幼馴染の王女、エミリアが乗っているかもしれない。襲っているのは魔物達だった。魔王の配下である醜悪なモンスターだ。

「うわっ！」

配下の兵士達が襲われている。魔物はそれなりに強いんだ。

「まずい」

俺は自分に対してジョブ・レンド《職業貸与》をした。セルフ・レンド《自己貸与》だ。

俺は自身に『剣聖』の職業を貸与する。俺は持っている剣を引き抜いた。

「はあああああああああああああ！」

俺は魔物に斬りかかる。狼のような姿をした魔物だった。

「キャウウウウウウウウウウウウウウウウン！」

魔物は果てた。それを見た他の魔物達は逃げ出していった。

「ふう……なんとかなったか」

それよりも馬車の方は。

「トール……トールなの。どうしてトールが」

馬車から降りてきたのは煌びやかな少女であった。やはり。王国グリザイアの王女であるエミリアだった。

「よかった……やっぱりエミリアが乗ってたのか」

俺は胸を撫でおろす。エミリアの危機を救えてよかった。

「ありがとう！　トール！　トールが助けてくれたのね！」

「わっ！　や、やめろっ！　エミリア！　いきなり抱き着いてくるな！」

柔らかいものが当たってくる。

「なんで？」

「いいから離れろ……もう」

こっちの胸の鼓動が高まって仕方ないだろうが。

「それよりなんでトールがここに？　他の勇者パーティーのメンバーは？」

「追い出されたんだよ」

「ええっ!?　あれほどお父様が一緒にいろって言ってたのに、トールを追い出したの!?　信じられないわ！　だってトールがいないとあの人達すっごく弱くなっちゃうんでしょ！」

ジョブ・レンド《職業貸与》の効果が切れることをこれ以上ないくらい端的に、彼女は言い表していた。『弱くなる』まあ、そうではある。チート職業から外れ職業になってしまうのだから。

「それはその通りだが、あいつら言っても聞かないんだよ。俺をお荷物だの、ただの荷物持ちだの」

「そうなの。そんなことが」

「それより、どうしたんだよ？　エミリア。どうしてお前がこんなことに」

「そうだった！　そうなのよトール！　王国グリザイアが大変なの！」

　エミリアは明らかに焦っているようだ。

「大変？　どう大変なのか、もっと具体的に言ってみろ、落ち着いて」

「うん。すー、はー」

　エミリアは深呼吸した。そして口を開く。

「王国が大変なの！」

「それはわかった。だが具体性がゼロ過ぎて、どう大変なのか全くわからない」

「う、うん。王国に魔王軍が襲い掛かってきて、それで王国がめちゃくちゃになっちゃってるの！」

「魔王軍に襲われたのか？」

「うん。そうなの！　それで他の国に援軍を呼ぼうと行ってきた帰り道だったの！　トールも王宮まで来て！」

「そいつは大変だな。わかった行こうか。エミリア、この馬車の馬を借りていいか？」

「うん。いいけど、どうするの？」

　俺はセルフ・レンド《自己貸与》していた『剣聖』の職業(ジョブ)を自己返済する。これで俺は元のジョブ・レンダー《職業貸与者》になったのだ。そして俺は次に、自分自身に新たな職業を貸与する。『騎手(ライダー)』の職業を貸与する。

　俺は馬に跨(またが)った。この職業は馬など生き物に乗る場合、その馬の持っている以上の能力を引き出すことができるのだ。

「乗れ、エミリア」

「うん。トール」

エミリアはしっかりと俺にしがみついた。背中に柔らかいものが当たる。

「エミリア、少し離れろ」

「え？　なんで？」

「いいから、少しだけだ」

「うん。わかったわ、トール」

「行くぞ！」

「ヒヒイイイイイイイイイイイイイン！」

馬が嘶いた。そして走り出す。

「うわっ！　すごい速い！　これもトールの職業の力なの？」

「そうだな。その通りだ」

馬は普通に走るよりもずっと速く、王国グリザイアを目指した。

◇

「く、くそっ！　なんということなのだ！　魔王軍が我が王国に攻め入ってくるとは！」

「お父様！」

「おおっ！　エミリア！　そ、それに君はトール君ではないか！」

王宮まで戻った時、国王は右往左往(うおうさおう)していた。

「ど、どうしてトール君がここに！　私は彼らに説明したではないか！　決して離れ離れにならぬようにと！」

「言っても聞かなかったんですよ。俺が何度言っても、俺がパーティーにしがみつきたいから嘘を言っているだの、ただの荷物持ち(ポーター)だの言ってくるんで。否応(いやおう)なく」

「なんということだ！　そんなことがあったのか！　だが我が王国にとっては幸運だったのかもしれない。トール君のジョブ・レンダー《職業貸与者》としての力があれば、この王国の危機を救える！」

　国王は俺が来たことを喜んでいた。

「トール君、どうかエミリアと共にこの王国グリザイアを救ってはくれないだろうか？」

「勿論(もちろん)です。国王陛下、困っている人達を見捨ててはおけません。エミリア、お前も協力してくれないか？」

「うん。勿論よ。トール。だって私が王女であるこの王国は、私の生まれ育った故郷だもの」

「お前に職業(ジョブ)を貸し与える」

　俺はエミリアにジョブ・レンド《職業貸与》する。エミリアは聖なる光を放ち始めた。聖女の恰好(かっこう)になる。

俺はエミリアに『聖女』の職業を貸し与えたのだ。

「す、すごい！　トール！　わ、私、聖女になったの!?」

「その通りだ。俺はお前に『聖女』の職業を貸し与えた。けど、俺から離れるなよ。俺から離れると強制的に効果が消える。強制返却になるからな」

「う、うん！　わかったわ！　絶対トールから離れない！」

エミリアがすり寄ってくる。吐息が当たるほどに。

「や、やめろ！　エミリア！　そんなに近づかなくていい！」

「え？　なんで？　トール、離れるなって言ったじゃない!?」

「それはそうだが、そうだな。大体百メートルくらいならOKだ。恐らく、それ以上離れたら効果が消えると思っていい」

「なんだ。そんなに離れても大丈夫なんだ」

エミリアは距離を置いた。そんなに近づいていないと効果が続かないんじゃ、俺の心臓がもたない。

「それではトール君！　エミリア！　君達に王国の未来がかかっている！　頼んだぞ！　なんとしてでも王国に攻め入ってくる魔王軍を撃退し、この王国を救うのだ！」

「「はい！」」

こうして俺は、聖女となったエミリアと王国の危機を救うことになったのである。

◇

「へへっ！」

「ぐ、ぐわっ！」

兵士が吹き飛ばされた。闘っていたのは魔族だ。

「モロい。モロすぎるぜ！　人間！」

「く、くそっ！」

魔族は高い身体能力と魔力を持っている。並みの人間では到底太刀打ち（たちう）できない存在だ。王国側の戦況は決して芳（かんば）しくない様子だった。

「グウウウウウウウウウウウ！」

「ぐわあああああああああああああああああああ！」

兵士は魔物に襲い掛かられた。

魔族の他に大勢の魔物もいる。魔物はモンスターのような見た目をしている。魔族との違いは知能だ。連中はただの動物程度の知能しかなく、言語を持たない。だが、数が多く厄介（やっかい）な相手であることに変わりはない。

「どうするの？　トール、これから私達」

「まず、俺が職業をセルフ・レンド《自己貸与》して魔王軍を撤退（てったい）させる。それからエミリアには聖女としての力を使ってほしいんだ」

「うん！　わかったわ！　トール」

「セルフ・レンド《自己貸与》」

俺は職業をセルフ・レンド《自己貸与》する。セルフ・レンド《自己貸与》する職業(ジョブ)は大魔導士アークウィザードだ。セルフ・レンド《自己貸与》した俺は魔導士のような恰好になる。

俺は魔法を発動させた。

「マジックレイン！」

俺はマジックアローの上位版魔法を発動させる。天から降り注ぐ無数のマジックアロー(魔力の矢)。その数、数百本。それらの矢は自動追尾をし、魔族と魔物に襲い掛かった。

「な、なんだ！　この光の矢は！　うわっ！」

「「「グオオオオオオオオオオオオオオオオオオオオオオオオオオオオオオオオオオオオオ！」」」

魔族と魔物は面食らったようだ。その攻撃だけで果てた魔物も多い。だが、その一撃だけでは大勢の魔王軍を殲滅(せんめつ)させるには至らない。だが、形勢を逆転させるなら十分だ。

「エミリア！　聖女としての魔力を発動させるんだ！　支援魔法(バフ)だ！」

「わかったわ！　トール！　オールステータスバフ！」

エミリアは聖女としての魔法を発動させる。バフ魔法だ。兵士達は聖なる光に包まれた。

この魔法により兵士達のステータスがＵＰする。要するに強くなるのだ。

「な、なんだ！　この光は！」

支援魔法がかかった兵士達の目に希望の光が宿った。失いかけていた戦意を取り戻したようだ。

「「「うおおおおおおおおおおおおおおおおおおお！」」」

「やれる！　やれるぞ！」

「力がみなぎってくる！」

俺のマジッククレインの効果もあり、形勢は大きく逆転した。流石の魔族も突然のことに戦意を大きく失ったようだ。

「な、なんだ！　こいつら！　あんなに弱かったのに急に強く！」

「く、くそっ！　なんでこんな急に！」

魔族達は大慌てだ。

「くっ！　撤退だ！　撤退するぞ！」

そして旗色が悪くなった魔王軍は撤退を始めた。

「やった！　俺達勝ったんだ！」

「王国を守ったんだ！　俺達！」

兵士達は自国を守れたことを喜んでいた。

「エミリア様！　あの魔法はエミリア様がかけてくれたのですか！」

兵士達が俺達に駆け寄ってくる。

「うん。そうなんだけど、私があの魔法を使えたのはトールのおかげなの。それに最初の魔法はトールが放ったのよ」

「ありがとうございます！　トール様！」

「あなた様のおかげで我々の王国は救われました！」

兵士達は喜んだ。

「喜ぶのはまだ早い。今回はなんとかなったかもしれないけど、これからはそうとは限らないだろ。エミリア、聖女の力を使い、王国に結界を張ってくれ」

「結界？」

「聖なる光で王国を覆（おお）えば、魔族のような悪（あ）しき者は足を踏み入れることができない。今のお前ならできるはずだ」

「わかったわ！　トール！　やってみる！　ホーリーウォール！」

「「おおおおおおおおお！」」

兵士達が感嘆（かんたん）とした声をあげる。聖女となったエミリアの魔法。ホーリーウォール（聖なる光の壁）が王国全土を覆ったのだ。

「この結界は邪悪な者だけを阻（はば）む。普通の人間が出入りするなら問題ない」

「ありがとうございます！　トール様！　エミリア様！」

「これで王国は救われました！」

兵士たちは大喜びだ。だが、説明は控えたが、この結界を維持するためにはひとつ問題があったのだ。このことは国王には説明しなければならない。

◇

「トール君、誠にありがとう！　君のおかげで我が王国グリザイアは救われたよ」

「いえ。たいしたことしてないですよ」

「セバス。トール君に持たせてやってくれ」

「はっ！」

そう言って、執事の男が俺に小包を握らせる。

「英雄トール様。どうか受け取ってください」

「え？　いいですよ、別に。俺はそんなつもりでやったんじゃ」

「トール君、王国を救った英雄を手ぶらで帰らせるのは私達としても心苦しいんだよ。それに聞けば君はエミリアの命の恩人でもあるらしい。猶更受け取ってもらわないとならない。我々の為だと思って受け取ってはもらえないだろうか？」

そこまで言われて受け取らないわけにはいかなかった。受け取らないことで相手の立場をなくしてしまうのなら。

「あ、ありがとうございます。ではお言葉に甘えて」

俺は小包を受け取った。重さからいって恐らくは金貨だ。しかもびっしりと入っている。

「それと国王陛下、ひとつ報告しなくてはならないことがあります」

「なんだ？　その報告とは」

「この王国を覆った聖なる光の壁のことです。この結界はエミリアに『聖女』のジョブを与えたことで発動させました。だから俺とエミリアが離れ離れになると結界が消えてしまうんです」

　結界がなくなると王国は再び危機に陥る可能性がある。つまり安心できなくなる。

　俺の天職がジョブ・レンダー《職業貸与者》であることを知っている国王には詳しく説明しなくても、すんなりと理解できるであろう。

「なんと、そういうことか！　だったら話は簡単だ！　エミリアとトール君が結婚し、この王国にずっと居続ければいいではないか」

　国王は俺にそう提案してくる。じょ、冗談ではない。エミリアと結婚するってことはゆくゆくは俺が国王となるってことだ。荷が重すぎる。

「そうね！　そうしましょう！　トール。二人でずっと王国にいればいいのよ！」

「エミリア、お前まで乗っかるな！　あ、ありがたい申し出ですが、今回の件で俺のジョブ・レンダー《職業貸与者》としての力を世界は必要としていると思ったんです。俺は自分の力を世の中の為に役立てたいと思っています。王国に定住するのはまだ早すぎると考えています」

「うむ。そうか。残念だの」

　国王は落ち込んでいた。

「そうであるならばエミリア、トール君の傍にいて彼を助けてやってくれ」

「いいのですか!?　国王。エミリアは王女なのですよ。世界を旅すれば当然危険な目に……」

「我々は王族だ。時には身を挺して民を守る必要がある。それにかわいい子には旅をさせよという。この旅できっとエミリア自身も大きく成長できるはずだ。どうだ？　エミリア」

「うん。お父様、私もトールと離れ離れになりたくない。一緒にいたい」

「だそうだ。トール君。不束な娘ではあるが、エミリアをよろしくな」

「よろしくね。トール」

「ああ。こちらこそよろしく頼む、エミリア」

こうして俺は王女であり幼馴染、そして聖女となったエミリアと。二人で旅を新たに始めるのであった。

【ラカムSIDE】

勇者ラカム達は王国アレクサンドリアに来ていた。王国アレクサンドリアには国王とそれから王女がいた。

実情を知らない国王と王女は羨望の眼差しで勇者パーティーを見ている。だが、実情を知ったら途端に失望してしまうこと間違いなしであった。

「勇者ラカムのパーティー……ん？　何やら一人足りないではないか？　どうかしたのか？」

国王はパーティーが一人減っていることに違和感を覚えたようだ。

「気にしないでください、国王。ただのお荷物を一人追い出しただけです。戦力としては一切の低下もありません！」

自分がただの村人に成り下がっているなど、思ってもいないラカムは自信満々であった。

「うむ。そうか……。ならよいのだが。実は勇者パーティーの諸君にお願いがあるのだ」

「お願いですか？　どんなお願いでしょうか？　国王様」

「うむ、実はだな。北の洞窟にドラゴンが巣くっているそうなのだ」

「ド、ドラゴンですか！」

「北の洞窟は山を越える通路にもなっていてな。そこにドラゴンがいると貿易をする上で大変不便なのだよ。北部にある国に行く場合、わざわざ高い山を越えなければならない。だが、洞窟にドラゴンが巣くっていてはどうしようもない」

国王は嘆いていた。

「行商人は何日も余計に時間をかけて、わざわざ山を登って北の国々まで行っているのだよ。我々も冒険者ギルドに依頼をしたりして、討伐をしてもらえるように頼んでいるのだが。如何せん、ドラゴンは強力なモンスターだ。皆、手を焼いているのだ」

「そこで俺達の出番ってわけですね！　国王陛下！」

「う、うむ。頼む、勇者パーティーの諸君、ドラゴンを退治してはくれぬかっ！　他に頼める者もいないのだ！　褒美は十分に出す！　金貨百枚、い、いや、金貨二百枚！　ドラゴン退治にはそれだけの価値があるのだ」

「やってみせますよ！　俺達勇者ラカムのパーティーが！　なぁ！　皆！」

「おう！　そうだなっ！　俺達以外にできるパーティーはいねぇよな！」

ルードは意気込んでいた。

「私の大魔法の出番よね！　ドラゴンなんて氷魔法で氷漬けにしてあげるわよ！」

メアリーも意気込んでいた。

「万が一パーティーに何かあっても、この大僧侶グランが皆さんを一瞬で治療してみせます！　毒や麻痺などを食らっても、一瞬で治してみせますよ！」

グランも意気込んでいた。

「う、うむ！　では勇者ラカムのパーティーよ！　是非北の洞窟に巣くっているドラゴンを退治してくれ！　期待しているぞ！」

「勇者様……」

尊敬の眼差しで王女は勇者ラカム達を見ていた。王国一との美少女と謳われる王女であった。彼女に恋い焦がれている国民は多い。

「気を付けていってらっしゃいませ、勇者様」

「ええ。王女様、心配無用ですよ。ドラゴンなんて一ひねりにしてきます。はっはっは！」

こうして勇者ラカム達は北の洞窟へと向かった。

◇

「へへっ……あれは間違いないぜ。王女様は俺に惚(ほ)れてるな」

ラカムは余韻(よいん)に浸っていた。

「間違いないぜ。俺には未来が見える。魔王討伐の末に、俺はあの王女と結ばれるんだ。それで俺がアレクサンドリアの国王になる！　あの王女様とは何人も子供を作って、幸せな未来を築いていくんだぜ！」

ラカム達は意気込む。

「僕はきっと大僧侶として、皆から崇(あが)められるすごい存在になりますよ」

「俺はそうだな。王国の騎士団長として大陸中に名を知らしめるだろうな」

「私はそうね。世界一の魔女としておそれられる存在になるわ。私の魔法はもう、すっごい威力なんだから！」

皆が皆、未来を楽観していた。

「よし！　いくぞっ！　野郎ども！　北の洞窟のドラゴン退治だ！　サクッとやっちまおうぜ！」

「「おう！」」「はーい！」

こうして北の洞窟に面々は向かう。自分達がチート職業に就(つ)いているのはただの仮初(かりそめ)のものだったとも知れずに。実際は外れ職業であることも知らずにだ。

「へっ。ここが北の洞窟か」

北の洞窟には『この先ドラゴンが出現！　立入り禁止！』という立て看板がされていた。

ラカム達は北の洞窟に入っていく。

洞窟内は静かだった。

「なんか不気味ね」

「怖いのか？　メアリー」

「そんなわけないじゃない！　どんな強力なモンスターが出てきても、私の魔法でイチコロだっての！」

「だよな……ん？」

だだっ広い空間が洞窟内には広がっていた。そこにはドラゴンが眠っていた。ベーシックなドラゴン。火竜レッドドラゴンである。

物音でドラゴンは目を覚ました。

「ガアアアアアアアアアアアアアアアアアアアアアアアアアアアアアアアアアアア!!!」

けたたましい咆哮が北の洞窟に響き渡る。

「へっ！　おいでなさったぜ！」

「さくっとやっちまおうぜ！」

「そうね！」

「何かあっても回復なら俺に任せてください！」

「いくぜ！　大勇者ラカム様の一撃ぃ！　勇者アタ――――――――――ック！」

キィン！　しかし放った剣はドラゴンの鋼鉄のような皮膚に傷ひとつ付けられなかった。

「ば、バカなっ！　ぐわっ！」

ラカムはドラゴンの尻尾で壁にたたきつけられる。

「ぐ、ぐわああああああああ!!!　い、いてえええええええ!!!　いてええええよおおおおおお!!!　死んじゃうよおおおおおおお!!!」

ラカムは泣きべそをかいていた。

「何をやっている！　だらしない！　聖騎士としての俺の剣技を見せてやる！　くらえ!!　ホーリーストラッシュ!!!」

キィン！　ルードの剣はまたもやドラゴンに弾かれた。

「ば、バカな！」

「ボワアアアアアアアアアアアアアアアアアアアアアア!!!」

ドラゴンブレス。炎のブレスがルードを襲う。

「うわあああああああああああああああああああああああ!!!　あ、熱いいいいいいいいいいいいいいい!!!　死ぬっ！　死ぬっ！」

引火したルードは転げまわって、なんとか消そうとしていた。

「ば、バカね！　何をやってるのよ！　食らいなさい！　フロストノヴァ！」

メアリーは氷系最上級魔法を放とうとしていた。

シ――――――――――――――――ン！

しかし何も起こらなかった。

「な、なんで！　なんでこんなことが起こるのよ！」

「グラン、俺の傷を癒してくれ！　早く、俺死んじまうよ！」

「わ、わかってます！　ヒール！」

シ――――――――――――――――ン！

しかし何も起こらなかった。メアリー同様だ。

「な、なんで何も起こらないんですか！　僕はちゃんとヒールをかけたはず」

「わ、わけがわかんねぇよ！」

予定外の出来事にラカムは慌てていた。

ドスン、ドスン、ドスン。

今なお強大なドラゴンは健在。餌だと思われたのか、睡眠を邪魔されて不機嫌になったのか。虫の居所が悪そうであった。

今のラカム達にとっては恐怖以外の何物でもない。

「ど、どうするのよ！　ラカム！　あなたがこのパーティーのリーダーでしょう！」

「くっ！　仕方ねぇ！　撤退（てったい）だ！　わけがわかんねぇけど、死ぬわけにもいかねぇだろ！」

「そ、そうね」

異論を口にする者はいなかった。こうして、勇者（だと思っている）ラカムのパーティーは結成以来、初めて撤退をしたのである。

「トール、これからどうするつもりなの？」

エミリアに聞かれる。王国での一件があり、俺は幼馴染（おさななじみ）のエミリアと行動を共にすることになったのだ。

「そうだな。まずは近くのリンドという町の冒険者ギルドへ行こうと思うんだ」

「冒険者ギルド？」

「そこで冒険者としてとりあえず活動してみたい。色々な情報も入ってくるだろうし」

「なにそれ！　楽しそう！」

王国でずっと生活していたエミリアからすれば、なんでも新鮮なのだろう。外界での生活を楽しんでいるようだった。

「おいおい、楽しそうって冒険者は危険な仕事なんだぞ。確かにロマンはあるかもしれないが」

「わかってるわよ。じゃあ、行きましょう。そのリンドって町へ」

エミリアは俺の腕を取った。

「お、おい！　必要以上にくっつくな」

「なんで？　私達幼馴染じゃない」

「幼馴染でもだよ」

「はーい」

エミリアは渋々俺から離れる。こうして俺達はリンドの冒険者ギルドへ向かうのであった。

俺達はリンドの冒険者ギルドに入った。

受付嬢の快活な声が聞こえてくる。

「いらっしゃいませ！　リンドの冒険者ギルドへようこそ」

「おい！　あの女の子、王国グリザイアのエミリア王女じゃないか!?」

「う、嘘だろ！　なんでこんなさびれた冒険者ギルドに！」

「べ、別人じゃねーか？　あんな有名人がこんなところに来るわけがない」

「けど、よく似ているぜ。あの美人で有名な王女様に」

やはり王女であるエミリアは有名人なようだ。最悪偽名を名乗らせるか。今のところはいい。他人の空似で通そう。

「とりあえずはエミリア、俺達は冒険者登録をしようか」

「わかったわ！　トール」

俺達は受付嬢の元へ向かう。その時、冒険者たちの雑談が聞こえてきた。

「なぁ、聞いたか？」

「何をだ？」

「なんでも北の洞窟にドラゴンが出現したらしいぜ」

「マジかよ。ドラゴンが。それでどうなったんだ？」

「手だれの冒険者たちも匙を投げて、それで王国は勇者ラカムのパーティーに依頼をしたんだぜ」

「マジでかよ!!　あの勇者ラカムのパーティー!!　だったら安心だよな。あいつらならなんとかしてくれるよ。なにせ今は伝説の勇者パーティーだからな」

事実を知らない冒険者たちは呑気に語っていた。

「何を言ってるのよ！　あんな弱っちい連中に勝てるわけないじゃない！」

「お、おい！　ちょっと待て！　エミリア」

素直なエミリアは、ついつい本音を口走ってしまう。

「今のラカム達に、ドラゴンなんて倒せるわけないじゃない！　全部トールが力を貸してたおかげなんだから！」

「エミリア、ちょっと黙れ。言っていいことと悪いことがあるんだぞ」

「んっぐぐっ！」

俺はエミリアの口を塞ぐ。しかし、時既に遅かったようだ。

「ああっ!?　なんだ!!　そこの嬢ちゃん。嬢ちゃん！　てめぇに勇者パーティーの何がわかるっていうんだ！」

「ん？　なんだこの嬢ちゃん、エミリア王女に似ているな……そっくりじゃねぇか」

「何言ってやがる！　王国の王女がこんな冒険者ギルドに来るわけねぇだろ！　他人の空似だ！」

「だよな……」

「ま、待てよ。こいつは見たことがあるぜ。なんだ、てめぇは勇者パーティーの腰巾着じゃねぇか！」

冒険者たちは俺を知っていたようだ。俺は確かについ最近まで勇者パーティーと一緒に行動をしていたのだから。顔を知られてても不思議ではない。

「へへっ！　無能すぎて、ついにクビにされちまったか！　この腰巾着めっ！」

「ひどいっ！　トールを腰巾着だなんて！　トールにかかったらあなた達なんて一瞬でコテンパンなんだからっ！」

「ちょっと、エミリア、本気でお前黙れ。ややこしくなる」

「んっ、ぐぐっ！」

　俺は再度エミリアの口を塞いだ。

「てめーが勇者パーティーの腰巾着だったら、なおのこと、勇者パーティーの凄さを知っているんじゃねぇか？　目の当たりにしてきただろ。連中の凄さを」

「あいつらならきっと北の洞窟にいるドラゴンを倒してくれるはずだぜ！」

　冒険者たちは呑気にそう語り続ける。

「それは無理よっ！　だってもうパーティーにはトールがいないんだからっ！」

「だから黙ってろって、エミリア！」

「んんっ！　ぐうっ！」

「へっ。口だけは一丁前じゃねぇか。坊主」

「ま、待て。さっきから俺は何一つ言っていない。言ったのはここにいるエミリアで」

「かかってきなさいよ！　ここにいるトールがあなた達の相手をするわよっ！　もうコテンパンのギタギタにしてあげるんだからっ！」

　エミリアが啖呵を切った。

「黙ってろって！」

「んんっ！　ぐぐうっ！」

「なんだと!!　ぬかしやがって!!」

「いや！　だから俺何も言ってないでしょ！　全部エミリアが言ってただけで！」

「うるせえええええ！　連れてる女の不始末はてめぇの不始末だ！」

冒険者達が暴力に訴えてきた。拳で殴(なぐ)りかかってくる。

俺はジョブ・レンダー《職業貸与者》としてのスキルを発動させる。

セルフ・レンド《自己貸与》。自分自身に職業(ジョブ)を貸すスキルだ。俺のスキルとしての使用容量キャパシティーは最大四人まで。パーティーの数が三人以下なら、自分にも職業を貸すことができるんだ。

俺は、『格闘王(モンクマスター)』の職業をセルフ・レンド《自己貸与》した。

「な、なに!!　ぐわっ!!」

俺は冒険者の拳に逆にカウンターを食らわしてやる。冒険者は一発で昏倒(こんとう)した。

「くっ！　間違いねぇ！　こいつ強ぇえ！」

「勇者パーティーに同行していたのは伊達(だて)じゃねぇな。こいつただの腰巾着じゃねぇな」

「だから言ったでしょ！　トールはすっごく強いのよ！」

「黙ってろ！　エミリア！」

「んんっ！　ぐうっ！」

「まだやりますか？　俺はこれ以上の戦闘は望みませんが……」

「くっ……分が悪いな。あっち行くぞ」

「うっす」

男達は伸びた男を連れて、その場を去っていった。

「すごい……お恥ずかしながら私も勇者パーティーの中ではあまり強くないなんて話を真に受けていたんですが、実際に彼らも見たからわかります。いまのトールさんは全然彼らより……」

受付嬢の言葉に、周りの冒険者が息を呑んだ。

ギルドの受付は多くの人を見ている。だからこそ、その言葉は重い。

ただジョブ・レンド《職業貸与》していたあいつらより強いは言い過ぎだと思うけど……そう見えたならまぁいいか。俺も冒険者としてやっていけるということだから。

とりあえず話を戻そう。

「もう勇者パーティーはやめたから、新規で登録にきたんだ。登録手続きと一緒に受けられるクエストも欲しいんだけど……Eランクからだっけ？」

「な、なあ!!　聞いたか!!」

その時であった。またもは冒険者達の会話が耳に入ってくる。

「何をだよ!!」

「あの勇者ラカムのパーティー、北の洞窟のドラゴン退治に失敗したってよ!!」

「マジかよ!!　連戦連勝中だったあの勇者ラカムのパーティーがついに!!」

「あいつらでも失敗することがあったんだな。化け物みたいな連中だと思ってたから、びっくりしたぜ」

やはり……俺の思った通りだ。

「それじゃあ、受付嬢さん。俺達はEランクの冒険者として登録されるんですよね？」

「え、ええ。規定ではそうなっています。ですがトールさん、我が冒険者ギルドからお願いがあるんです！」

「お願いですか？」

「通常、北の洞窟のドラゴン退治はAランク以上の冒険者でなければ依頼できません。しかし、先ほどのお姿を見て、トールさんならきっとドラゴンを倒せると確信しました。どうでしょうか？　特別クエストということでこのクエストを受けて頂けないでしょうか？」

熱烈に受付嬢が頼んでくる。

「どうする？　エミリア」

「トールならきっと大丈夫よ！　それに皆どうやら困ってるみたいだし、困ってる人は見捨ててはおけないわ！」

「そうか……わかったよ。受付嬢さん、わかりました。その特別クエストお受けします」

「よろしくお願いします！　トールさん！　もうトールさんしか頼れる人がいないんですっ！　王国の方も手を焼いているみたいで。ドラゴンを倒せた者には特別な報酬も用意されてるみたいですよ」

こうして俺達はまだパーティーを結成したばかり――Eランクの冒険者パーティーの身ではありながら、北の洞窟にいるドラゴン退治に向かうのであった。

【ラカムSIDE】

「はぁ……はぁ……ぜぇ……はぁ」

「はぁ……はぁ……はぁ」

ラカム達のパーティーは、命からがらドラゴンから逃げ出した。

「ど、どうしてこんなことになったんだ」

「そんなの私だってわかんないわよ」

ラカム達は嘆く。もうわけがわからなかった。かつて発揮できていた力や魔法を全く発揮できなくなっていたのだ。

「わかんねぇけど。どうやら俺達、調子悪いみたいだな。疲れでも溜まってるのかな」

原因不明の不調にラカム達は困惑した。

「ど、どうするのよ。国王たちに失敗したって報告しにいかなきゃじゃない」

メアリーは嘆く。

「仕方ねぇだろ。失敗したんだから。原因不明の不調なのに、今更ドラゴン退治なんてできるかよ」

「そうね」

「ぐっ……口惜しいが仕方ない。聖騎士の俺がいながらこんな結果になるとは。なんともふがいないことだ」

「その通りです。大僧侶の僕もついていたのに。なんとも情けないことです」

この時もまだ四人は、自分達が実は外れ職業に選ばれているとは思ってもみなかった。自分達がチート職業に就いていると信じて疑っていなかったのである。

「おお!! 勇者パーティーの面々よ！ 無事に帰ってきたのであるな！」

国王は笑顔でラカム達のパーティーを出迎えた。

「さぞお疲れであっただろうな。なにせあのドラゴンを退治するのだ。しかし諸君ならやってくれると思っていたぞ！」

「流石ですわ。勇者ラカム様。そしてパーティーの皆様。皆様なら王国の危機を救ってくれると、私、信じておりましたわ」

国王と王女は羨望の眼差しで、ラカムのパーティーを見てくる。

気まずい。これは実に気まずい。失敗したなんて打ち明けるのは気が重くなってくる。

しかし嘘を言うわけにはいかなかった。嘘をついて実際は倒していないことがバレたら、余計に立場が悪くなる。実際のところドラゴンは健在なのだ。

ラカムはバツの悪い顔で告げる。

「も、申し訳ありません！　国王陛下！　そして王女様！　俺達はドラゴン退治に失敗しました！」

ラカムは頭を下げる。

「な、なんだと――――――――！」

「な、なんですって――――――――！」

驚いた国王と王女は叫びをあげる。

「そ、それは本当か⁉　勇者殿！」

「え、ええ。本当です。俺達はドラゴン退治に失敗しました」

「そ、それは本当でございますか⁉　勇者様」

「なんということだ……勇者パーティーには大変期待していたというのに。これでは我が王国に打つ手はない。北の洞窟のドラゴンに苦しめられ続けるというのか。ううっ」

「そんな、勇者ラカム様のパーティーならきっと我が王国の危機を救ってくださると信じていたのに。こんなことになるなんて。私達、王国アレクサンドリアはどうすればいいんですの⁉」

国王は嘆き、悲しみ。王女は瞼に涙すら浮かべたのだ。

「も、申し訳ありません。本当に。なんとお詫びをしていいものか」

「もうよい。失敗は誰にでもある」

「申し訳ありません。俺達は失礼します」

「勇者様……残念ですわ」

王女とのラブロマンスを夢見ていたラカムは厳しい現実を突きつけられ、大層落ち込んだ。

「どうすればいいんでしょうか。お父様、これから私達は」

「ううっ……どうすれば、どうすればいいのだ！」

国王と王女は嘆き悲しんでいた。

――しかし、その時。二人に突然の吉報が訪れる。

「国王様！　王女様！」

執事が部屋に飛び込んでくる。

「な、なんだ!?　どうした!?　そんな血相を変えて」

「大変なニュースであります！　なんと、北の洞窟のドラゴンを倒した冒険者パーティーが現れたそうです！」

「な、なんだとっ！　それは本当かっ!!」

「はい!!　その通りですっ！」

「フィオナ……」

「よかったですわ！　お父様!!　この王国は救われたのですね」

王女フィオナと国王は泣いて喜ぶ。

「ああ。これでもうドラゴンに苦しめられずにすむ。だ、誰だ!? そのドラゴンを倒した英雄は!? すぐにここまで連れてまいれ!」

「は、はい! ただいま!」

こうして王国は、ドラゴン退治を果たした英雄を呼びだすこととなるのであった。

第二章　ドラゴン退治

俺と聖女となったエミリアは、北の洞窟（どうくつ）を目指していた。俺達のパーティーはなんの実績もないということで、Eランクの冒険者パーティーにはなっているが。

冒険者ギルドからの特別クエストということで、本来はAランク冒険者パーティーでなければ受注できない北の大地のドラゴン退治クエストが、できることになった。

実際のところ、そのAランク以上の冒険者パーティーでもドラゴンを退治することには手を焼いているそうだ。今まで幾多のパーティーが挑み、悉（ことごと）く失敗しているのである。

「よし……」

まず俺は格闘王（モンクマスター）のスキルを自己返却した。俺は元のジョブ・レンダー《職業貸与者》に戻る。

ドラゴン相手に格闘戦は有効ではないだろう。

「なんとかなるかな」

多少不安だった。パーティーは普通、四人や五人で構成するものだ。今の俺達は二人きりなのだ。

「どうして？　トール」

「二人きりで大丈夫かと不安に思ったんだ」

「大丈夫よっ！　トールならっ！」

　根拠ないな。

「それに私もついているわ！　トール！」

　確かに聖女であるエミリアがいるのは心強い。聖女とは回復も支援もできる万能防御職だ。主に支援は守りの魔法を展開したりするものである。

　聖女となったエミリアがいれば割となんとかなりそうだ。

　俺達は北の洞窟にたどり着いた。『この先ドラゴン出現！　立入り禁止！』の看板があった。

　間違いない。この先にドラゴンがいるのだ。

「どうする!?　トール!!　この先立入り禁止だって！　立ち入らない方がいいんじゃない!?」

　エミリアは純朴すぎる少女だ。あまりに素直すぎた。

「俺達はドラゴン退治に来たんだ。この立て看板はそれ以外の人たちが入ることを禁じているんだ」

「なんだ、そうか」

　エミリアは笑った。大丈夫か。不安ではあるが、とにかく中に入るより他にない。

「怖いね……トール」

　エミリアが俺にしがみついてくる。柔らかいものが当たる。何が当たったかまでは言わない。

「お前は聖女の魔法でホーリーライト使えるだろ」

「そっか。ホーリーライト」

　聖なる光の玉が薄暗い洞窟を照らした。こういった支援魔法(バフ)も聖女であるエミリアは使えるようになっていたのだ。

「それでトールはどんな職業(ジョブ)になるの？」

　職業のセルフ・レンド《自己貸与》。キャパシティーの空(あ)いた俺は自分に職業を貸すことで闘えるようになっていたのだ。その戦略も凡(およ)そ考えている。

「相手がドラゴンだということはわかっている。だから対策も練(ね)りやすい」

「へぇ……流石(さすが)ね。トール」

　エミリアは感心していた。

「それより、お出ましだ。例のドラゴンが」

「うわっ。大きい」

　ドスン、ドスン、ドスン。洞窟内なので飛ぶことはできないが、ドラゴンが闊歩(かっぽ)していた。

　俺達が対峙(たいじ)しているのは火属性の竜。火竜レッドドラゴンである。

「ガアアアアアアアアアアアアアアアアアアアアアアアアアアアアアアア!!!」

　ドラゴンは俺達を視認すると咆哮(ほうこう)をあげた。

「う、うわっ！　うるさいっ！」

　エミリアは耳を塞(ふさ)いだ。

「やるぞっ！　エミリア！」

「うんっ！　トール！　支援サポートなら任せてっ！」

「ああ！　頼む！」

俺はジョブ・レンダー《職業貸与者》としてのスキルを発動する。

「セルフ・レンド《自己貸与》！」

俺は自分で自分に職業を貸与した。

「ガアアアアアアアアアアアアアアアアアアアアアアアアアアアアアア!!」

ドラゴンの咆哮が洞窟内に響き渡る。ドラゴンは危険を察知したのだろう。

まず狙いを俺に向けてきた。

「ボワアアアアアアアアアアアアアアアアアアアアアアアアアアアアア！」

ドラゴンの炎のブレスが俺に襲い掛かってくる。まだセルフ・レンド《自己貸与》は済んでいない。不意を衝かれた。まともに食らえば、流石に無事では済まないだろう。

「トール！　ホーリーウォール！」

エミリアは聖女としての魔法を放った。聖魔法ホーリーウォール。聖なる光の壁はいかなる攻撃をも防ぐ、万能の盾となる。

俺の目の前で炎が霧散した。

「ナイスだ！　エミリアっ！」

「どういたしまして。だって、私はトールのパートナーなんだもん」

もじもじと顔を赤くする。何をしているんだ、こいつは戦闘中に。ただの戦闘のパートナーってだけで。何を恥ずかしがることがある。

俺がセルフ・レンド《自己貸与》したのは戦士系の専門職。ドラゴンハンターだ。

いわば竜を殺す為に特化した職業である。そして装備もそれに適した装備が装着される。俺は筒を構える。こいつは対ドラゴン用バスター、砲弾だ。俺は砲弾を放つ。

「フロストバスター」

火竜用の砲弾だ。バァン！　けたたましい音が響く。ドラゴンは驚いたような表情になる。口が凍結したのだ。呻くのみだ。これではもう、あの炎のブレスを放つことはできない。

俺は背中にある大剣を引き抜く。竜殺し。ドラゴンハンターの専用装備。対竜用の大剣だ。成人男性の背丈ほどあり、重さは余裕で百キロは超えるだろう。

だが、俺はそれを軽々と使いこなした。

「はああああああああああああああああああああああああああああああああああ！」

「!?」

ドラゴンは必死に爪を繰り出してきた。遅い。空振りに終わった。けたたましい音と共に土煙が立つ。

俺は宙に舞った。

「ドラゴンブレイク！」

俺はドラゴンを切り裂く。ドラゴンは一刀両断にされた。

「ギャアアアアアアアアアアアアアアアアアアアアアアア!!」

ドラゴンは断末魔の叫びをあげ、果てた。

「やった！　トール！　流石トールね！」

「ああ。そうだな。お前のおかげだ。エミリア」

「そんな……けど、この聖女としての力はトールが貸してくれたものだから、結局はトールのおかげよ」

かいがいしいエミリアは可愛い奴だ。ラカム達もこう素直だったらよかったが、もしそうだったら俺は追い出されていないだろう。

こうしてエミリアとパーティーを組むこともなかった。

「よっと」

「何をやってるの、トール!?」

「戦利品だ。ギルドへ持ち帰らないとな。ドラゴンを討伐したって証拠品だよ」

俺はドラゴンの牙を引き抜いた。部分はどこでもいいだろう。要するにドラゴンだとわかればいいんだから。

その後は冒険者ギルドが残骸の撤去はしてくれることだろう。俺はドラゴンの牙をポーチに入れる。

「戻ろうか、エミリア。冒険者ギルドに」

「うん。トール、戻ろう」

こうして俺達はドラゴン退治を終え、冒険者ギルドに戻るのであった。

◇

俺達はクエストを依頼した冒険者ギルドに戻ってきた。

無事だった俺達を見て、冒険者達は安堵のため息をついた。

「やっぱダメだったか」

「見ろ。賭けは俺の勝ちだな」

「へっ。ドラゴンを見てビビって逃げ帰ってきたんだな。傷ひとつねぇってことはそういうことだろうな。それどころか、北の洞窟に入るより前に逃げ帰ってきたのかもしれねぇ」

冒険者達は各々に勝手なことを言い始めた。

「お、お疲れ様です！　トールさん、エミリアさん！　やっぱりダメでしたか。しょうがないですよね。で、でも命あっての物種ですから。逃げて帰ってきても全然恥ずかしいことではないですよ。落ち込まないでくださいね」

受付嬢も同じ先入観を持っているようだった。考えが固まってしまっている。俺達がドラゴン退治に失敗して、逃げ出してきたと思い込んでるのだ。

ダメ元で頼んではみたが、まさか二人でドラゴンを退治するとは思っていない、そんな感じだった。

俺はドラゴンの一部をカウンターにドンと置く。

「えっ!?　う、嘘ですよねっ！　こ、これはドラゴンの牙！　ど、どうしてトールさんがこれを！」

「そんなの決まってるじゃないの！　トールと私でドラゴンを倒したのよ！」

エミリアがそう主張してくる。

「おい、エミリア。事実でもあまりそう主張するな」

「なんで？　本当のことじゃない」

エミリアは王女なのであまり常識や世間を知らない。謙虚さが美徳ということを知らないようだった。

「ト、トールさん！　ほ、本当にお二人でドラゴンを退治されたんですかっ!?」

「そうなりますね」

「う、嘘っ！　信じられませんっ！」

「ま、マジかよ！　本当にドラゴンを退治したっていうのかよ！」

「本当かっ！　すげーなマジ」

「けっ！　なんだよ賭けは俺の勝ちじゃねーか。お前達の負けだよ負け」

「ちっ。大穴がきたな」

ガラの悪い冒険者達。どうやら俺達がドラゴン退治に成功するか失敗するかで、賭けていたようだ。まあ、別にどっちでもいいんだが。勝手にしてくれ。

俺達には関係のないことだ。

「それではトールさん、エミリアさん、この度のドラゴン退治、お疲れ様でした。それではクエストのクリア報酬とランクの査定を行いますので、少々お待ちいただけますでしょうか」

「ええ。構いません」

「では、しばらくお待ちください」

俺達は待たされる。

「お待たせしました。奥にご案内します。ギルドマスターから直々に報酬の受け渡しがあるそうです。ギルドマスタールームまで来てください」

俺達は受付嬢に案内され、ギルドマスタールームに案内される。

そこにいたのは武骨そうな男だった。いかにもな冒険者といった感じである。ギルドマスター。ただの経営者などではない。実戦を経験した古強者といった感じだ。

「お前達が北の洞窟のドラゴンを倒してくれたのか？」

「ええ。そうなりますが」

「なんというやつらだ。あの北の洞窟のドラゴンはAランク以上の冒険者パーティーしか依頼できないものだったが、Sランクの冒険者パーティーでも手を焼くほどなんだぞ。それをEランクの冒険者パーティーがクリアするなんて聞いたことがない」

「それはどうも」

「トールなら当然よ！」

「エミリア、お前は黙っていろ」

「うっ、むうっ」

出しゃばるエミリアは押し黙った。

「それでは報酬を授けよう。まず、ランク昇格規定だが、規定だと二段階のランクアップしか認められていない。だが、今回は特別クエストということもあり、お前達の冒険者ランクは三段階アップのBランクだ」

「やった！　トール、私達、Bランクだって」

「さらには、これが報酬だ。金貨百枚だ」

「金貨百枚」

俺達はずっしりとした小包を渡される。この中に金貨が敷き詰められているのか。大体、金貨一枚で一般家庭が一か月は暮らせるといわれている。金貨百枚なんてそれだけでも、数年は何不自由なく生活できるほどだ。

そんな金が一瞬で手に入ったのだ。

「やった！　トール！　お金一杯もらえたわね！　それだけ貰えたら装備とかも新調できるかもしれないし！　それにアイテムの補充もできそうね！　二人の旅がもっと充実するわね！」

「ああ……その通りだな」

確かに金はあるに越したことはない。荷物にはなるが、銀行に預けておいてもいい。そういうサービスも存在していた。

――と、そんな時だった。突然、受付嬢がマスタールームに入ってくる。

「はぁ……はぁ……はぁ！　た、大変です！　トールさん！」

「受付嬢さん、どうしたんですか？」

随分と慌てた様子だった。肩で息をしている。

「王国アレクサンドリアの国王がドラゴン退治をしたトールさんたちを是非招待して、お礼を言いたいとのことですっ！」

な、なんだって。そんなことが。

「いかがされますか？」

「うーん。どうしようか……気後れするよな」

「何言っているのよトール！　これは良いニュースよ！　きっとまた色々とご褒美がもらえるわよ！」

「トールさん、国王からのお願いです。お願いであり、命令ではないですが、無下にはしない方が賢明ですよ」

「そうですね。じゃあ、お邪魔しますか」

特別この後、予定もないのだ。冒険者ギルドを出た俺達は王国アレクサンドリアへ向かった。

◇

「よくぞいらっしゃいました。トール様、エミリア様。お話は冒険者ギルドから伺っています」

執事にそう言われる。

「はぁ……」

俺達は王国アレクサンドリアに着いた。

「国王様と王女様がお待ちです。是非、こちらにいらしてください」

俺達は案内される。国王の元へと。

◇

「よくぞいらしてくださいました！　トール様！　エミリア様！」

「お待ちしておりましたわ」

国王と王女はそう言って俺を出迎えた。なんでも王妃は王女が幼い頃に亡くなっているらしい。その後は国王は妻を娶っていないそうだ。

「ありがとうございます。トール様。北の洞窟に巣くっていたドラゴンを倒していただき、誠に感謝申し上げます」

「本当ですわ。トール様。勇者ラカム様のパーティーなど本当の勇者ではありませんわ。トール様、あなた様こそが本当の勇者、この王国の英雄ですわ」

　俺は王女フィオナ姫から熱烈な視線で見られる。潤んだような瞳だ。

「むうっ……うー！」

　エミリアはむくれたような顔になる。

「どうした？　エミリア」

「なんでもない……けど、トール。隣にも王国グリザイアの王女様がいるってこと忘れないでよね」

「忘れるわけないだろ……」

　何を心配しているんだ、こいつは。

「それではトール様、どうか褒美を受け取ってほしいのだが」

「ほ、褒美ですかっ！　滅相もない！　結構ですよ！　だって俺達は冒険者ギルドから既に報酬を受け取ってますし！」

「まあ、そう言うな。こちらとしても手渡さなければ心苦しいのだ。わかってくれ。セバス」

「はっ！」

「トール様に礼のものを渡してくれ」

俺は執事――セバスから小包を渡される。またぴっちりとしていた。

「少ないだろうが、旅の足しにしてくれ」

「な、中を開けてもいいですか？」

「勿論だとも」

俺は小包の中を覗き見る。やっぱりだ。金貨だ。それもぴっちり。さっきの冒険者ギルドの倍だから、金貨二百枚はありそうなものだ。

「トール凄いじゃない！　またお金を貰えたの！」

「みたいだな」

エミリアの父親であるグリザイアの国王からも貰ったのに。こんなに沢山貰っても使い切れそうにないな。

「どうだ。トール殿、もう少し城でゆっくりとしていかないか？　国の英雄だ。こちらとしても丁重にもてなしたくはある」

「いえ、お言葉だけ頂いておきます。俺達も行くところがあるので」

「勇者トール様……是非、またお会いしましょう」

フィオナ姫は俺にそう言ってきた。とろけるような視線で。

「むう――――――――――！」

エミリアがむくれたような顔をする。

「どうしたんだ？　エミリア」

「な、なんでもないわよ！」

国王と王女と面会した俺達は、王国を発った。

【ラカムＳＩＤＥ】

「へへっ。考えたんだよ。なんで、俺達がドラゴンに負けたのか？」

ラカム達は作戦会議をしていた。

「なんだ？」

「俺達連戦ばっかりだっただろ？」

「ああ。そうだな。確かに」

「それもそうね」

「確かにそうですね」

「だから俺達！　疲れがたまってたんだよ！　だからたまたま負けたんだ！」

「そうかもしれませんね！」

「きっとそうよ！」

「ああ！　そうだな！　たまたま調子が悪かっただけだ！　その通りだ！」

ラカムの言葉に三人は頷く。彼らは自分達がチート職業に就いていると信じて疑っていなかった。その為、都合が悪いことからは目をそらしていたのだ。

「次はいける気がするんだ！　国王陛下に頼んで、今度もまた、ドラゴン退治をさせてもらおうぜ！」

「そうね！　いけるいける！　次はいけるわよ！　私の大魔法も次は復活してるわよ！」

「ああ！　その通りだ！　次こそは俺の聖剣が火を噴くであろう！」

「僕の回復魔法も!!　調子を取り戻しているはずです！」

「そうだ！　疲労ってやつだ！　行こうぜ！　国王のところまで！」

「なんの用だ……貴様ら」

明らかに国王の態度が変わった気がした。態度が冷たくなっている。その目は面倒くさそうだった。できるだけ関わりたくないような目。

「わかったんですよ！　国王陛下！　無敵の俺達が、なぜドラゴンを倒せなかったのか！」

「何がわかったのだ？　ええ？」

「たまたまです！　俺達、たまたま調子が悪かっただけなんです！」

「そうなんです！　そう、たまたま調子が悪くて魔法が使えなかっただけです！」

「そうだ！　たまたまだ！　たまたま俺の聖剣の切れ味が悪かっただけなんだ！」

「僕の回復魔法だって、たまには使えなくなる時もあります！」

四人は都合のいいように物事を解釈していた。

「ですから、国王陛下！　もう一度俺達に北の洞窟のドラゴン退治に向かわせてください！　今度はきっとやってみせますよ！」

「それに関してはもうよい。既に片がついている」

「な、なんだって！　ど、どうして！　誰かがドラゴンを倒したっていうんですか？」

「お前達のパーティーにもいただろう。あのトールという少年だ。闘うところを見たわけではないからなんとも言えないが、あのドラゴンを倒すくらいだ。彼は恐ろしいまでの闘う力をもっているのであろう」

「「「トール！」」」

「う、嘘だろっ！　あのトールがっ！」

「そ、そんなわけない!!　信じられないわっ！　あいつはただの『荷物持ち（ポーター）』の嘘つき野郎じゃないの！」

「し、信じられない。あの『お荷物』トールが！」

「し、信じられません！　あんなただの『荷物持ち』にドラゴンが倒せるなんて、とてもではありませんが！」

「ば、バカ者！」

「「「ひいっ！」」」

国王の怒鳴り声にラカムのパーティーは萎縮（いしゅく）した。

「我が国を救った英雄に対して、なんという口の利き方じゃ！　いくら勇者としての功績があろうとも、決して許されぬ態度だぞっ！　前の功績がなければ、即刻地下牢にでも叩き込んでやるところだわい！」

「そ、そんな……」

「いいから早く出ていけ！　貴様たちの顔など見たくもないわ！」

　こうしてラカム達は追い出された。

「不思議ね……なんで、トールの奴の名前が……」

「あんな俺達の『荷物持ち』をしていた奴が、ドラゴンを倒せるわけがない！　そんなことあるわけがない！」

「きっと何かの間違いですよ。他人の空似。たまたま名前が同じだっただけです」

「だよな。あいつはきっと他のパーティーの『荷物持ち』でもしていることだろうぜ」

　国王の言葉を信じられないラカム達は、都合のいいように解釈していた。

　――と、その時であった。

　王国一の美少女と謳われる、フィオナ姫と遭遇するのである。

「フィ、フィオナ姫。この前は無様なところを見せてすみませんでした」

ラカムはかしずく。

「ですが、あんなこと二度と起きません。なぜなら俺は最強の勇者だからですっ！　フィオナ姫、よろしければ俺とお茶をしませんか。それで二人の将来について熱く語り合いましょう」

「申し訳ありませんが、私は心に決めた人がいますので」

フィオナ姫は通り過ぎようとする。

「ま、待ってください！」

ラカムはフィオナのドレスを引っ張る。

「な、なによ！　無礼者！」

「だ、誰なんですか!?　それは!!」

「トール様ですわ……あなたのようなまがい物ではない。真の勇者ですっ！」

「な、なんだって!!　トール!!　本当にあのトール!!　お荷物トールなのかっ!!　別人じゃないのかっ!!」

「トール様を馬鹿にしないでくださいっ！　この無礼者!!」

パチン！

ラカムは頬(ほ)っぺたをひっぱたかれた。

「ふん！」

フィオナは顔を背けて、その場を後にする。ラカムの顔が赤く腫(は)れあがった。ちょうど手の形が残った。

「トールだと……ふ、ふざけんなっ！　あのトールなわけがねぇ！　絶対に!!　それに俺は最強の勇者様だ!!　そしてこのパーティーは最強の勇者パーティーなんだ!!　ここから絶対挽回（ばんかい）してやるぜっ！」

　ラカムは意気込むが、それが却（かえ）って、どんどんと泥沼にはまっていく結果になるのだった。喩（たと）えるなら底なし沼で必死にあがくようなものだ。沈んでいく速度を早めるだけの結果になる。

　ラカムがやっていることはまさしく、そういうことであった。

【ラカムSIDE】

「頼む！　勇者ラカム達のパーティーよ！」

「へへっ。どんな用件ですか？　貴族クレアドルさん」

　貴族クレアドル。王国アレクサンドリアの貴族である。小太りの中年であるが、彼は異常なほどの収集癖（へき）があった。主に魔導具（アーティファクト）や遺跡で発見される珍しい、鉱石。

　トレジャーハンターでもなければ手に入れられないようなレアな物品アイテムを収集しているのだ。

　いわゆる収集家（コレクター）である。収集家（コレクター）の中には集まりがあり、そのコミニティの中のマウントの取り合いがあった。

　誰がより、レアなアイテムを持っているか。誰がより優れたアイテムを持っているか。そういう詮ない意地の張り合いを彼らはしているのである。

当然のように収集家なんて道楽、庶民ではできない。だから貴族が殆どである。見栄っ張りな貴族には相応しい趣味だ。

貴族クレアドルはラカム達が実際のところ、外れ職業ばかりで構成された外れパーティーであることを知らない。当人達も知らないのだ。

この時はまだ勇者パーティーの悪評は広まっていなかった。一応ではあるが、勇者パーティーの権威は保たれていたのである。

勇者パーティーがもうダメになっているのを知っているのは、ジョブ・レンダー《職業貸与者》であるトール。それと国王と王女くらいのものである。明確な理由としてダメになった根拠を知っているのはトールだけであった。

国王と王女に至っては「なんかよくわからないけどダメになった」ぐらいのフィーリングで理解している程度だ。

「私は他の収集家に負けたくないのだ！　もっとレアなアイテムが欲しい！　この前持ってきた連中なんて氷竜の牙だとか、鱗だとか！　フェンリルの剛毛だとか、そんなすごいアイテムを持ってきたのだぞ！　私は絶対にそういう連中に負けたくないんだ！」

「へへっ。それで俺達に何をすればいいと！　この勇者ラカムが、きっとあなた様のお役に立ってみせますぜ！」

そう、自分を勇者だと思っている村人は言った。

「任せてください。僕達にならきっとなんとかできます」

そう、自分を大僧侶だと思っている無職が言った。

「ああ！　この俺の聖剣に賭けてな！」

そう、自分を聖騎士だと思っている農民が言った。

「私の大魔法で、どんな凶悪な敵もイチコロよ！」

そう、自分を大魔法使いだと思っている遊び人が言った。

彼らにとって先日の敗戦はたまたまなのだ。その日たまたま調子が出なかった。だから負けた、そういう結論になった。

だから今日はそのたまたま調子の悪い日ではないだろう、そう思ったのだ。

実際のところ、彼らの今の状態は馬脚を露した状態であり、本来の状態なのだが。

彼らはチート職業こそが自分達の天職だと信じて疑っていなかった。

「おお！　素晴らしい！　素晴らしいぞ！　勇者ラカムのパーティーよ！　ものすごい自信ではないかっ！　頼もしいぞっ！」

本当のことを知らない貴族クレアドルは手を叩いて喜んだ。

「報酬はいかほどなんでしょうか？　クレアドルさん」

「金貨三百枚だ！」

ドン。テーブルの上に金貨が置かれる。それだけの金額なのだ。それだけ危険なところでなきゃ手に入らないレアアイテムをこの男は求めているのだろう。

　リスクとリターンは紙一重（かみひとえ）の関係である。

「「「おおっ！」」」「す、すごいっ！」

　四人は目を光らせる。

「そ、それで俺達に何をしてほしいんですか!?　話からするに、そのアイテムの自慢大会に勝てる、すげーレアアイテムをご所望（しょもう）みたいですが」

　これだけの金額を積んでいるのだ。当然そういう考えになるだろう。

「ああ。その通りだ。エルフ国の近くに、神殿があるんだ」

「神殿ですか」

「それもただの神殿ではない。そこは邪神が封じ込められた神殿だという。邪神は魔王の右腕として、千年ほど前、大暴れをしていた存在らしい」

「へっ！　そいつはなんだか危険な香りがしますぜっ！」

　ラカムは自分を勇者だと思っているから、その言葉を聞いても「おもしれぇ！　やってやろうじゃねぇか！」としか思っていなかった。

「けど私達なら大丈夫よっ！　だって私の大魔法があるんだもんっ！」

「今度こそ、大僧侶である僕の回復魔法の出番ですね」

「ああっ！　俺の聖剣エクスカリバーがうなるなっ！」

　四人は呑気（のんき）であった。無知とは恐ろしいものだ。

「その邪神が封印された神殿には強力なモンスターがいるのだ。だが、手つかずになっているお宝も沢山眠っているそうなのだ！　頼むっ！　勇者諸君！　その神殿に行ってレアなアイテムを取ってきてくれっ！」

「わかりましたっ！　今回のご依頼お受けしましょう！」

「私達ならきっとなんとかなるわよねっ！」

「あぁっ！　行こうぜっ！」

「はいっ！　行きましょう！　僕たちならやれます！」

「「「「邪神が封印された、エルフ国近くの神殿へ！」」」」

　自分達を本物の最強勇者パーティーだと信じて疑わない四人は、邪神が封印された神殿へ向かうのであった。

第三章　邪神復活

「へくしゅっ！」

俺はくしゃみをした。

「どうしたの⁉　トール風邪(かぜ)‼　ちゃんと寝なきゃだめよ‼　私が看病するから」

エミリアがそう心配してくる。

俺達は今、王国アレクサンドリアの冒険者ギルドにいた。Bランクの冒険者になったということで、大分活動の幅が広がっている。今では大抵のクエストなら受注できるようになっていた。

俺達は冒険者として、クエストをクリアする毎日を送っていた。

そんな日常を過ごしていた時のことだった。

「お、おい！　聞いたかっ！」

「ああっ‼　聞いたぜっ！」

「なんでもエルフ国近くの神殿に封印されている邪神が目覚めたらしいんだ！」

「邪神ってあれだろ‼　全盛期の魔王がいた千年前に大暴れしていた恐ろしい化け物なんだろ

っ！」

「な、なんでそんなもん目覚めちまったんだよっ！　恐ろしいな」

冒険者達の会話が聞こえてきた。

やっぱりか。さっきのくしゃみ。嫌な予感がしていたんだよな。もしかしたら、大方どこかの勇者パーティーが俺の噂しているに違いないと。実際のところ勇者パーティーではなく、村人率いる道化集団だと俺だけが知っている。

「じゃ、邪神ですって!!　大変じゃないっ！」

「そうだな」

「あら。あなたがトールさん」

受付嬢が声をかけてきた。色っぽい受付嬢だ。グラマラスで妙に露出が多い。胸元が強調されている。

「むっー！　トール！　おっぱいばっかり見ないでよっ！」

「み、見てないよっ！」

「そ、そんなに見たいなら、後で私の見せてあげるから」

「えっ？　なんだって」

ぼそぼそと言ってくるもんで聞こえなかった。

「な、なんでもない、なんでもっ！」

エミリアは顔を真っ赤にして頭を振った。

「聞いたわよ。あなた達、北の洞窟のドラゴンを倒したそうね」

「え、ええ。まあ」

「評判よ。とんでもないルーキーが現れたって」

実際のところはルーキーではなく、あの勇者ラカム率いるパーティーに在籍はしていたが。

「え、ええ……まあ」

「ねぇ、あなたにお願いがあるの」

「だ、だめよ！　トール！　トールには私という存在があるんだからっ！　そんなおっぱい女の誘惑に乗っちゃだめよ！」

エミリアが騒ぐ。

「頼むから黙っててくれ。エミリア、多分。これ真面目な話だ」

「ギルドマスターがお呼びなのよ。マスタールームまで来てくれない？　そこで大切な話があるの」

「ギルドマスター!?」

王国アレクサンドリアの冒険者ギルドにも、当然のようにギルドマスターはいるのか。

「来てくれないかしら」

「え、ええ。行くだけなら構いませんが」

「こっちよ」

俺とエミリアは受付嬢についていく。

◇

そこには美しい女性がいた。いかにも戦士風の凛々しい女性だ。ギルドマスターといってもやはり男ばかりとは限らないようだ。

「私がこの冒険者ギルドのギルドマスターだ」

「なんでしょうか？　ギルドマスターさん」

「トール君とエミリアさんだな。話は聞いているよ。なんでも、北の洞窟のドラゴンを二人だけで倒したそうだな。俄には信じがたいが、それは本当なのか？」

「トールはすっごいんだからっ！　ドラゴンなんてちょちょいのちょいであっと言う間だったのっ！」

エミリアは主張する。

「おい。エミリア。出しゃばるな。恥ずかしいだろ」

「そうか。どうやら本当のようだな。五人がかりでも倒すのが難しいドラゴンを二人でなんて。君達になら安心して頼めそうだ。話には聞いているだろう？　邪神が目覚めたそうだ」

「邪神……エルフ国近くの神殿ですよね」

「ああ。エルフ国からも救助要請が出ている。邪神が目覚めたことで中にいる強力なモンスター達がうじゃうじゃと出始めてな。とても手に負えないそうだ」

「そんなことが……」

「君達に特別クエストを頼みたい。その邪神の討伐だ。報酬はそうだな。まずはAランクまでの昇格は保証しよう」

「Aランク……」

「それと、やはり金か？」

「い、いえ。結構です、お金は」

もう十分、金なら貰っている。これ以上あっても使いきれそうにない。

「なんだ？　だったらあれか？　……君は私の身体でも要求するつもりか？　真面目そうな顔して結構すけべぇだな」

「なっ!?」

ギルドマスターはわざとらしく胸元を主張してくる。露出の高い服で、今すぐにでも零れ落ちてきそうだ。

「ちょ、ちょっと！　トールあまりジロジロ見ないでよ！　後で私のを見せてあげるから！」

エミリアは顔を真っ赤にして主張する。こいつ、何言ってるんだ。

「な！　だから見てないって言ってるだろ！　ジロジロなんて！」

「なんていうのは冗談だ。聞き流してくれ。そうだな。やはり報酬は渡そう。決まりだからな。金貨二百枚」

「だ、だめですっ！　そんなにお金を渡されたら家政婦を雇い放題になって、主婦として私がだめになっちゃいますっ！」

　だからエミリア。こいつはさっきっから何を言ってるんだ。

「これは規則だからな。受け取ってくれ」

　短剣を渡される。なんだ、これは。

　俺は報酬を胸元に入れる。

「それで、トール君、例の依頼は受けてくれるつもりなんだろう？」

「ええ。まあ、そうなりますね。やはり邪神は放っておけない。それにエルフ国も気がかりです」

「流石トール！　なんだかんだで私達も助けてくれたし、優しいのねっ」

「よせ、エミリア。照れるようなこと言うな」

「それでは、目覚めた邪神の討伐クエストを頼んだぞ」

　俺はギルドマスターに頼まれる。

　こうして俺達は邪神が封じ込められた神殿。エルフ国の方を目指して旅立ったのだ。

【ラカムSIDE】

「ここが神殿か……」

　勇者（だと自分で思っている）パーティーのラカム達は邪神が封じられている神殿にたどり

着いた。

「なんか雰囲気あるぜ」

「だな」

「ええ。けど今の僕達ならやれるはずですよ！　昨日の自分と今日の自分は違うはずです！　本来の力を取り戻しているはずですっ！」

「ええっ！　きっとそうよっ！」

四人は呑気だった。

「俺は思うんだ。勇者っていうのはきっと特別な存在。これも何かの伏線なんだ」

ラカムは語り始めた。

「「「伏線？」」」

「ああ。聞いてくれ。仲間のピンチ、そして自分のピンチ。極限まで追い詰められた俺は封じられていた力を覚醒するんだ！　そしてその力で敵をバッタ！　バッタ！　と薙ぎ払い！　そしてお前達、仲間を助けるんだよ！」

「「「おお～」」」

「ありそうねっ！」

「ええ！　ありそうです！　ありそうな展開！」

「俺も聖騎士ではなく、超究極聖騎士になるかもしれんなっ！　がっはっはっはっはっはっは！」

やはり四人は呑気だった。都合のいい妄想を並べていた。

「それでフィオナ姫はトールじゃなくて俺に惚(ほ)れ直すんだ。えへへっ」

以下。ラカムの妄想。

「勇者ラカム様。いえ、大勇者ラカム様」

フィオナ姫が寄り添ってくる。

「ど、どうしたんだ、フィオナ姫。やっぱりトールなんてお荷物じゃなくて、俺の真なる魅力、真なる強さに気づいたのか」

「は、はい。お慕(した)い申しておりますわ。ラカム様は私と結婚して、国王になるんですの。それで……今夜は私と――」

フィオナ姫は顔を赤くして、目をそらした。

「へへっ。可愛(かわい)い子猫ちゃん。今夜は寝かさないぜ」

「は、はい。ラカム様。覚悟しておりますわ……」

二人は見つめ合い、そして――。

ラカムの妄想は終わる。

「むふふっ！　むふふっ！　夢が広がるぜっ！」

ラカムは能天気な笑みを浮かべる。

「行くぜ！　野郎どもっ！　俺達の本来の力を存分に発揮するんだ!!」

「おおっ!!」

こうして四人は邪神が封じられた神殿に入っていった。

本当はその本来の力なんていうものは微塵も存在せず、今の実力が本来の実力なのであるが。悲しいことなのか幸いなことなのか、四人はそのことを知らなかった。

「へっ。ここが邪神が封じ込められた神殿か」

ラカム達は歩きだす。

「なんだ、なんてことねぇじゃねぇか。敵も特段でてこねぇしよ」

ラカム達は呑気に歩いていた。

——と、ドスン、ドスン、ドスン！　音がした。

「な、なんだこの音は！」

敵はいなかったのではない。大きすぎて見えなかったのだ。ラカム達の前に巨大なゴーレムが姿を現す。

「「「「う、うわあああああああああああああああああああああああ」」」」

ラカム達は絶叫をあげた。

「あ、慌てるなっ！　ここで俺の真の実力がっ！　ひ、ひいっ！」

巨大な足の裏がラカムを押しつぶさんとする。踏みつぶされて死んでしまえば真なる力もくそもない。

「うわああああああああああああああああああああああああああ！」

　ラカムは無様に逃げ出した。

「「「「はぁ……はぁ……はぁ」」」」

　四人は命からがら、ゴーレムから逃げてきた。ラカム達は神殿の最奥部まで到達する。

　四人は逃げ足だけは速かったのだ。

「な、なんだ……。なんとかなったか」

「見てください！　ラカム！　レアそうなアイテムですよっ！」

　不気味な光を放つ黒い宝玉が、ラカム達の目の前にあったのだ。

「へへっ！　こいつはきっとレアなお宝だぜ！　きっとあの成金貴族も喜ぶに違いないっ！」

　ラカムはその黒い宝玉を手にとった。

「う、うわっ!!　な、なんだ、この光は！」

　黒い光が周囲を照らす。

　そこに現れたのは美しい少女であった。褐色（かっしょく）の肌をした少女。所謂（いわゆる）ダーク・エルフと呼ばれるような種族だった。

「な、なんだっ！　このダーク・エルフはっ！」

「久方ぶりの目覚めだな……愚かな人間よ。我の名はネメシス。千年前に魔王様に仕えていた存在だ」

少女は笑う。美しい少女ではあるが、あまりの威圧感に、ラカム達は押されていた。

「ま、まさかっ！　こいつは千年前に封じられていた邪神かっ！」

「邪神か。余をそう呼ぶ者もいたな」

「へっ！　上等だっ！　あの貴族の依頼よりももっとでかい手柄をとってやるっ！　勇者アタアアアアアアアアアアアアアアアアアアアアアアアアック！」

「目障りだ、蠅」

「ぶ、ぶばぁ！」

触れることもできずに、その一言でラカムは吹き飛ばされた。

「ラカムっ！」

「く、くそっ！　なんでだっ！　なんで俺の封印された力が目覚めねぇんだっ！　俺は勇者なのに！」

「弱すぎて殺す気にもならん。蠅め。何が勇者だ。戯言も大概にしろっ！」

「そんなっ……くっ」

眼中にない様子でネメシスは歩きだす。そして神殿の外へ出ていった。

「ち、ちくしょうっ！　な、なんでこんなことにっ！」

こうしてラカム達の暴挙により、邪神は目覚めてしまったのであった。

「そうだな……手始めにエルフ国でも滅ぼしてやろうか」

ネメシスは笑う。神殿に眠っていた、多くのモンスター達が目を覚ましはじめた。

エルフ兵たちが森の周辺を見回っていた時のことであった。

「ん？　なんだ？　あれは？」

神殿の方から無数の怪物がエルフ国に向かって侵入してきたのである。しかもそのモンスターは通常見ないようなモンスターだ。

太古に存在し、そして封印されていたとされる強力なモンスター。数は多いが、そこらへんの雑魚モンスターとは異なり、侮れない存在である。

「う、うわっ！　なんだあのモンスターは！」

「もしかして、神殿に封印されている邪神が放たれたのか！」

見回りをしていたエルフ兵は大慌てだ。

「敵襲！　敵襲だ！」

「み、皆に危険を伝えにいくぞっ！　これはこのエルフ国の存続に関わる大問題だっ！」

エルフ兵は大慌てで戻っていった。

◇

エルフ国。エルフ城。深緑の森にあるエルフ国は天然の障壁により守られている。

結界により視覚を誤魔化し、その上で防御用結界も張り巡らされている。だが、それでも完全というわけではない。

居所を見抜かれれば防御用結界を突破されることもあるだろう。それだけの力のある存在であれば可能だ。

そう、喩えるならあの邪神ネメシスであれば決して不可能ではない。

「お父様、私怖いですわ」

セフィリス。黄金の髪をした美しい少女ではあるが尖った耳からわかるように彼女は人間ではないエルフだ。

エルフ国にいるのだから当然といえば当然だが。

「案ずるな。セフィリス。このエルフ国とお前は私が守る」

国王は言った。国王とはいってもエルフなので容姿としてはかなり若い。せいぜい、二十代～三十代程度。中年ではなく、青年といったところで通用しそうなほどだ。

娘の手前強がってはみせたが、国王もまた不安ではあった。なぜなら見た目とは裏腹（？）に実年齢自体はそれなりに老いているのだ。

長年で培った叡智があった。その中で、邪神に対する知識もあった。あれは魔王ほどではないが、それなりに恐ろしい存在であったのだ。

「くっ……な、なぜだ。なぜ、今になって邪神の封印が解かれた」

国王は訝しんだ。

「まさか、バカな人間が私欲を満たすために神殿に足を踏み入れたのか。ありうる話だ。愚かな人間め。本当にどうしようもない。救いようもない連中だ」

「国王陛下！　神殿の魔物が襲い掛かってきていますっ！　さらには邪神ネメシスが目覚めたようですっ！　遥か後方にその姿も確認されましたっ！」

「くっ！　やはり邪神は目覚めたのだなっ！」

飛び込んできたエルフ兵の言葉で国王は確信を持つ。邪神の目覚めを。

「お、お父様、ど、どうされるのです？」

セフィリスは困惑していた。

「心配するな。セフィリス。このエルフ国には二重の結界がある。しばらくは保つであろう」

だが、あくまでもそれは邪神のような別格の存在がいない場合だけだ。高い知能と魔力を兼ねそろえた存在であれば、視覚用結界と防御用結界、両方突破されることは十分考えられる。そしてそれにかかる時間はさほど長くない。

「国王陛下！　我々はどうすればっ！」

「防御用結界が突破された場合、エルフ兵を全軍出撃させろっ！」

「はっ！」

「それから不本意ではあるが人間に援軍を頼むのだ。恐らくは愚かな人間が邪神の封印を解いたのだっ！　尻ぬぐいをさせろっ！」

「はっ！　わかりましたっ！」

　こうしてエルフ国は援軍を人間国に要請するのであった。かくして国王の予想通り、防御用結界はさほどの時間を置かずに破られることとなる。

「ふふん……視覚用結界が張ってあるわね……けどそんなもの、この魔眼持ちのネメシス様には関係ないのよっ！」

　ネメシスは見るなり、視覚用結界に気付いた。普通だったら気付かないであろうが、ネメシスのような魔眼持ちに嘘やごまかしは通用しない。

　ネメシスの力により、結界が破壊される。

「ふふっ……エルフの民。千年前は随分な扱いをしてくれたじゃないのさ。ねぇ」

　ネメシスは封印された千年前のことを恨んでいた。その封印に一役買ったのが高い魔力を持つエルフ族である。

「さてとっ！　じゃあ……次は？　ん？」

ネメシスは防御用結界を見つける。防御用結界なので誰でも見えるようにはなっていた。

無色透明な光の盾が、エルフ国を必死に守っている。だが、そんなものネメシスにとっては紙細工(かみざいく)にしかすぎない。

「無駄よっ！　はっ！」

ネメシスは防御用結界を斬り裂いた。力任せに。そもそも魔力が違うのだ。どんな守りであってもそれ以上の圧力を受けたら決壊する。自明の理である。

「それじゃあ、エルフ国にお礼参りと行きましょうか」

ネメシスは舌なめずりをする。

「殺戮劇(さつりくげき)の始まりよ」

そう、これは戦闘ではない。蹂躪(じゅうりん)である。始まるのは戦争ではなく、殺戮である。

それほど邪神の力は絶大なものであった。最初から勝負になっていないのだ。

俺とエミリアのパーティーはエルフ国へ向かう。それなりの遠出だ。王国アレクサンドリアから歩いて数日かかるほどだ。

「ねぇねぇ、トール」

「なんだ？」

「エルフ国までどれくらいかかるの？」

「ざっと数日だ」

「ええ――――！　そんなにかかるのっ！　疲れちゃうじゃないの！」

やはり王女様に冒険者の生活は過酷過ぎたか。

「わがままを言うなと言いたいところだけど、確かにその通りだ。無駄な体力は使いたくない、徒歩だとあまりに時間がかかりすぎるからな」

「そうよ！　そうよ！　歩いていくなんて大変よ！」

「そうだな。都合の良いモンスターはいないものか」

俺は探す。その時であった。天空にグリフォンがいたのだ。

「……おっ。いたいた。あいつ便利そうだな」

やはり地上を歩く生き物よりは空を飛んだ方が速そうだ。

「よっと！」

俺は石を投げつけた。グリフォンに当たる。当然のようにそれで死ぬわけではない。だが、グリフォンは怒ったようだ。俺達を敵だと認識した。

「クガアアアアアアアアアアアアアアアアアアアアアアアア！」

グリフォンが滑空してくる。

「セルフ・レンド《自己貸与》」

俺は自分に『ハンター』の職業(ジョブ)を貸与する。ハンターだ。俺は弓を構える。襲い掛かってくるところをねらい打った。睡眠薬が塗られた矢がグリフォンに襲い掛かる。

バサッ。グリフォンは地面に落ちた。

「即効性のある睡眠薬だ。一瞬で眠くなる」

俺達はグリフォンに近づく。

すー、すー、すー。規則正しい寝息を立てて、グリフォンは眠っていた。

「よし」

「どうするの!?　トール、このグリフォンを！　食べるの!?　じゅーじゅーと火で炙(あぶ)って!!　おいしそうねっ！」

「馬鹿かっ！　食べてどうするんだっ！　睡眠薬を使った意味を考えろ。生け捕りにしたかったんだよ」

「生け捕り？　躍り食いってこと？」

「そんなわけあるか。いいから見てろ。ジョブ・リターン《職業返済》」

俺は職業を返却し、元のジョブ・レンダー《職業貸与者》に戻る。

そして俺は『ビーストテイマー』の職業をセルフ・レンド《自己貸与》する。

「テイム」

俺はグリフォンをテイムした。グリフォンは俺の使い魔となったのだ。要するになんでもいうことを聞く便利なペットになった。

「起きろ、グリフォン」

「クワッ！」妙な奇声をあげてグリフォンは目を覚ます。

「乗るぞ、エミリア」

グリフォンは大人二人乗るくらいなら問題ない。それなりに大きいサイズをしていた。

「うんっ！」

エミリアは俺に抱き着いてきた。

「いけっ！　グリフォンっ！」

「クワアアアアアアアアアアアアアアアアアアアアアアアアア!!!」

奇声をあげてグリフォンは空へ旅立った。

「トール……怖いわ」

柔らかいものが俺の背中に当たってくる。エミリアは必死に俺にしがみついてきた。

「どうしたの？　トール、顔を真っ赤にしちゃって」

「なんでもない」

俺は意識をグリフォンの操縦に向ける。

「グリフォン、もっと速度をあげろっ！」

「クアアアアアアアアアアアアアアアアアアアアアアアアア!!!」

グリフォンは速度をさらにあげ、エルフ国を目指す。

景色を見下ろしたエミリアは言った。

「それにしても、本当……良い景色」

俺達はエルフ国にたどり着くまでの間、束の間のことではあるが、天空からの景色を楽しんでいた。

◇

「っと……ここがエルフ国あたりだ」

エルフ国は通常、場所が見えないようになっているらしい。恐らくは結界だろう。結界で死角をごまかしているのだ。

エルフは長命であり、そして高い魔力を持っている。そういう魔法による細工はお手の物だ。

聞いた話によると千年前に邪神を神殿に封印したのもエルフの力によるものらしい。

「トール、あれ見て！」

「ん？」

エミリアは指を差した。何やら騒々しい音がする。そして、多くの人々が小競り合いをしているようにも見えた。

「降りろ、グリフォン！」

「キュオオオオオオオオオオオオオオオオオオオオオオオ!!!」

けたたましい鳴き声を発してグリフォンはその場へと降り立った。

「く、くそっ！　こいつめっ！」

キイン！

甲高い音がする。

「エルフ魔法兵団！　炎フレイムの魔法を放て」

「「「フレイムボルト！」」」

複数のエルフ魔導兵による炎魔法が対象に襲い掛かる。通常の魔物であれば十分倒しきれるほどの威力だ。

――だが。

邪神を封印していた神殿に閉じ込められていた魔物達は数が多いのもあって、かなりの強さを秘めていた。

紅蓮の炎を、その身に受けても魔物達は怯みすらしない。

「なっ!? 馬鹿なっ!!」

「キエエエ!!!」

奇声をあげ、魔物は襲い掛かる。

「うわあああああああああああああああああああああ!!」

エルフ兵は悲鳴をあげた。魔物の突撃を受け、エルフ兵が宙に舞う。

「くっ！　なんということだ！　我がエルフ兵団の力を以てしても押し返すこともできない！　やすやすと防衛網を突破されてしまう！」

エルフ兵。その兵団長と思しき人物がそう言っていた。

「だ、誰だ!? 人間か？」

俺達に対して、その兵団長が言ってくる。

「俺達は王国アレクサンドリアの冒険者ギルドから来ました」

「な、なんだと!! 冒険者ギルドからかっ！　それは助かる、そういえば国王陛下が援軍を要請していたそうだな」

「ええ、俺達がその援軍です」

「おおっ！　頼りにしてるぞ！　し、しかし二人だけで大丈夫なのか!?」

「心配しないで！　トールはすっごい強いんだから！　おじさんっ！」

「あなたはエルフ兵団長ですか？」

「うむ。そうだ」

「戦況はいかがですか？」

「見ての通り芳(かんば)しくない。神殿から解放された魔物は数が多い上に、個体としても恐ろしく強いのだ」

　ＨＰ（体力）も攻撃力も相当に高そうだった。エルフ兵団の鎧(よろい)や盾があっさり打ち破られ、そしてエルフ兵の攻撃を受けてもビクともしない。

「エミリア。エルフ兵のステータスをあげてやれ」

「わかったわ！　トール！　全体強化オールバフ！」

　エミリアは聖女としての魔法を発動する。全体強化オールバフ。聖女となったエミリアはパーティー単位どころか、レギオン（軍）単位でステータスを強化する。

　魔法の光がエルフ兵を包み込む。

「なっ!!　なんだこの光は！」

「力がみなぎってくるぞっ！」

「こっ、これなら闘える！　闘えるぞっ！」

「やるぜっ！　野郎ども！」

「「「うおおおおおおおおおおおおおおおおおおおおおおおおおおおお」」」

エルフ兵たちは失いかけてきた戦意を取り戻した。

「な、なんということだっ！　あ、あなたは聖女様なのですか!?」

エルフ兵団長は驚いていた。

「えへへっ。はい！　その通りですっ！」

「何を偉そうなこと言ってやがる。俺が貸した職業だろうが」

「ありがとう！　トール！　お礼にちゅーしてあげるっ！」

「それはいらない」

「え――――――――――――――！　なんでそういうことというのよ――――――――

――!!」

「それより埒があかないな」

俺はセルフ・レンド《自己貸与》して、職業を決める。そうだな、あれがいいか。大群が相手だったら。

「セルフ・レンド《自己貸与》大賢者」

俺は自身に、大賢者の職業を貸与する。別に大魔法使いでもよかったが、メアリーに貸与した職業は俺の中で印象が悪かった。なんとなく連中に貸した職業は自分は貸りたくない。

俺は魔法を発動する。発動するのは聖属性の全体攻撃魔法だ。

「ホーリーバースト！」

無数の激しい光が、魔物達に襲い掛かる。

「「「グオオオオオオオオオオオオオオオオオオオオオオオオオオオオオオオオ！」」」

魔物達が断末魔の叫びをあげ、果てていく。

「な、なんという威力だ！　あれだけの魔物達が一瞬で」

「職業返却」

一撃食らわせた俺はすぐに元のジョブ・レンダー《職業貸与者》に戻る。一撃というには大きすぎる一撃ではあったが。

あれだけいた魔物達が半数以下になっている。

「後は皆さんでなんとかなると思います。エミリア、適宜皆を回復させてくれ」

「わかったわ！　トール！」

こうして、エルフ兵団は魔物達の撃退に成功したのである。

【ラカムSIDE】

「貴様達に聞きたい話がある」

「な、なんでしょうか……国王陛下」

ラカム達。勇者（だと自分で思っている）パーティーは、アレクサンドリア国王に呼び出されていた。

「エルフ国近くの神殿に封印されている邪神が目を覚ましたそうだ」

「は、はい。どうやらそのようですね。いや――……世の中色々大変ですよね。本当もう。嫌になっちゃいますよね。ははっ」

ラカムは苦笑いをした。

「近隣の住民から連絡が来ている。どうやら神殿に忍び込んだ愚かな人間が四人ほどいたそうだ。それでその四人の姿がお前達によく似てると」

「いや――――!! いやになっちゃいますよねっ！　国王陛下!!　他人の空似ですよ！　空似！　もしくは俺達を陥れたい奴らが、俺達に見せかけた変化の魔法で変身してたんですよ！　そうに決まってます！」

「……本当か？　正直に申してみろ。貴様たちは神殿には入っていないのだな」

「は、入ってるわけないじゃないですか！　ましてやそんな邪神を復活させるなんて愚かな真似！　僕達は絶対にしてません！」

「聖騎士たる俺は常に正々堂々と、聖騎士として振る舞うべく生きてきました！　ですからそんな非道な行いなど絶対にしません！」

「わ、私達はやってないわ！　国王陛下！　きっと私達を脅威に思った魔王軍の仕業よ！」

「……だよな。俺達はやってませんっ！　絶対にっ！」

バレたらひどいことになるとわかっているラカム達は必死に誤魔化し、その場をやり過ごそうとする。

「そうか。貴族クレアドルからの調べはついているのだぞ。クレアドルはお前達に神殿にあるアイテムを取ってきてほしいと頼んだそうだ」

国王はそう告げる。やはりある程度の確信があるから、勇者（だと自分では思ってる）パーティーはこうして呼び出されたのだ。

「な、なんですと！　お、俺達はそんなことしてません！　絶対に！」

「き、きっと私達を妬ましく思ったその貴族が嘘を言っているのよ！」

「本当か？　……連れて参れ」

「はっ！」

兵士が男を連れてくる。

「ひ、ひいっ！　は、離せっ！　離せぇ！」

拘束されたクレアドルが、兵士に連れてこられる。

「あ、あなたはクレアドルさん！」

「勇者ラカムよ。なぜこの男がクレアドルだとわかる？」

「馬鹿!!」

メアリーが怒鳴りつける。

「や、やべ。い、いえ！　偶然道ですれ違ったことがあるんですよ！　それで挨拶をしたんです！」

見苦しい嘘を告げる。

「挨拶をした程度の通行人にわざわざ名を名乗るか？　馬鹿にするのも大概にしろ。クレアドルはマジックアイテム『真実の首輪』をつけさせ、全てを白状したわ。お前達に神殿への侵入を依頼したとな」

マジックアイテム『真実の首輪』――要するに本当のことしか話せなくなる首輪である。

「くっ！　それはっ！　嘘だっ！　俺達はそんなことしていない！」

「そうか。では、それをこれから証明してもらおうか！　真実の首輪をこやつらにつけさせろっ！」

「「はっ！」」

周囲にいる兵士たちが答える。

「うっ……ううっ」

マジックアイテム『真実の首輪』をつけられたらもう終わりだ。どうしようもない。ラカムは観念した。

「す、すみませんっ！　俺達がやりましたっ！」

ラカムは国王に土下座した。

「……そうか。やっと白状したか？　なぜそんなことをした」

「それは、金が欲しかったのと、俺達勇者パーティーの実力を発揮したかったんですっ！」

「神殿には強力なモンスターがいると聞きました。だから、そのモンスター達を俺の聖剣でバタバタと薙ぎ払う予定だったんですっ！」

「わ、私の大魔法でそのモンスターをイチコロにする予定だったんだけど……」

「そ、そうなんです……。僕も回復で支援しようと」

「なぜか最近調子が悪い俺達は、きっとそのクエストをクリアすれば力に目覚めると思ったんです！　真実の力に！　なぜなら俺達は勇者パーティーだからです」

「もうよい。貴様たちには失望した。一時期は本物の勇者達だと思っていた時もあったが、今はただの道化（どうけ）としか思えん」

　国王は告げる。その目にもう覇気（はき）はない。ゴミを見るような目だった。

「そ、そんな！　俺達勇者パーティーを見限るつもりですかっ！　国王陛下！」

「見限るもなにも、既に見限っておる。だが、貴様達を糾弾（きゅうだん）しても仕方がない。既に邪神は目覚めてしまっているのだからな。それに貴様達も邪神を目覚めさせたのは故意に行ったことではないようだ」

「そ、そうです！　国王陛下！　あれは不幸な事故だったんですよ！　邪神と対峙（たいじ）した俺は真の勇者パワーが目覚めるはずだったんですけど、なぜか目覚めなくて。おかしいな？　あそこなら普通、俺の勇者としての力が目覚めて、あの邪神を一撃で倒す展開だったのになー」

「そ、その通りです！　なぜか……俺の聖剣の力も戻らず。俺達はただ蛇に睨（にら）まれた蛙（かえる）のように邪神を見ているだけでした」

　ルードも力なく答えた。

「貴様達の今までの功績に免じて、禁固刑や極刑のような罰を科すのはやめよう」

「ふう〜」

ラカムは胸を撫でおろす。そして気づいた。

「ってことは、何かしらの罰は科されるんですか？」

「当然だ。貴様達は過失ではあれど重大な罪を犯した！　よって制裁金金貨千枚を要求する！」

「「「金貨千枚！」」」

ラカム達は声を出して驚いた。

「そ、そんな大金払えるわけないじゃないですかっ！　国王陛下っ！」

「聞いておるぞ。貴様達は破竹の勢いでモンスターを倒していた時、かなりの金額を荒稼ぎしていたとな。それで一人一人が豪邸を購入したそうじゃないか。魔王の討伐が済んだらそこで暮らすように」

「くっ！　なぜそれをっ！」

「我々の調査能力を甘く見るでない。それを売却すれば足りるであろう。急いで売るとなると、それなりに足元は見られるだろうが、四軒全て売れば金貨千枚程度にはなるであろう」

「ぐっ!!　ううっ〜!!　そ、そんな、こんなことになるなんて！」

ラカム達は力なくうなだれた。

こうしてラカム達が夢想していた、魔王討伐後の優雅なセカンドライフ。それを送るべく購入していた不動産物件は競売に掛けられ、売却されることとなった。

ラカム達はこうして貴重な財産を失ったのである。そして王国からの信頼を失い、大規模な被害を受けているエルフ国を敵に回してしまった。

「な、なんだ！　こいつはっ！」

「くっ！　貴様！　我がエルフ国になんの用だ！」

エルフ兵の前に邪神ネメシスが姿を現した。

「邪魔だ、死ね」

「ぐ、ぐわああああああああああああああああああ！」」

ネメシスの攻撃でエルフ兵は一瞬にしてその命を絶たれる。見えない力で、一瞬でエルフ兵はぐちゃぐちゃになった。

「脆(もろ)い、弱すぎる、あまりにも。なんだ、エルフとはこの程度の存在だったのか。千年前に余(よ)を封印した存在としては、あまりに、あまりにも弱すぎる」

ネメシスはエルフ兵など、敵はおろか障害物ですらないとしか思っていなかった。ただただ、蟻(あり)が地面を這(は)っている。その程度の認識である。

そして、ネメシスはエルフ城にたどり着く。

「ここか……ここに奴がいるのか」

ネメシスはエルフ城の門を潜った。

◇

「お、お父様、あ、あのお方は！」

エルフ王と王女セフィリスの前に謎の女性が姿を現す。美しいダーク・エルフの少女ではあるが、如何せん放っている気が殺気の塊だった。

人を物としか見ていないような冷徹な目が恐ろしい。眉ひとつ動かさずになんの躊躇もなく殺せてしまいそうで。

「だ、誰だ!?」

「き、貴様はネメシス！　やはり目覚めおったかっ！」

「久しぶりだな。エルフ王……あの若造が。千年の時を経て、随分と立派になったではないか」

感慨深そうにエルフ王を見やる。

「ほう……娘か。貴様も娘を持つような年になったのだな。まあ、千年も経ったのだ。エルフといえども年を取るし。子も持つさ。人間だったら二十世代も三十世代も経ているような長い歳月だ。本来であったならば」

「ネメシス、な、なんの用だ。我々に。我々をどうするつもりなのだ？」

「決まっているだろう。皆殺しだよ。エルフ王。貴様達は千年前に余を封印してくれたのだからな。愚かな人間達の手によって蘇ることができたが。うざったい蠅だと思っていたが、あの人間達には感謝せねばならぬなっ。その点だけは」

「くっ！　やはりかっ！　人間めっ！　余計な真似をしおってっ！　大方、私利私欲で神殿を荒らそうとしたのだろう。人間とはなんと度し難い存在だ」

エルフ王は憤っていた。概ね間違いない。その通りである。

「お父様……私、怖いです」

セフィリスは震えていた。

「安心しろ。セフィリス。お前は私が守る」

「随分と吠えるじゃないか。そこをどけっ。エルフ王」

「ぐわっ！」

邪神ネメシスの言葉はいわば呪言である。言葉自体に強制力がある。エルフ王の意思とは関係なく体が動きだした。

エルフ王は娘――王女セフィリスから強制的に離される。

「お、お父様」

「良いことを思いついたぞ、エルフ王。最高の復讐を。お前の目の前で実の娘がいたぶられながら死んでいく様を見せてやろう。その上で貴様をじっくりと殺してやる」

なんとも悪趣味な提案だったが、ネメシスは飄々と告げる。

「な、なんだと！　ふ、ふざけるなっ！　そんなことさせるわけにはっ！」

「貴様の意思など関係ないよ。力なきものは無力なんだ。これは万物の真理であろう。それではいくぞ」

ネメシスの手に魔力が帯びる。鋭利な刃物のようになった。

「良い声で啼けよ。小娘。ゆっくりと切り刻んでやるからなっ。くっくっく」

「い、いやっ！」

セフィリスの悲鳴が、エルフ城に響き渡る。

「いやあああああああああああああああああああああああああ！」

キィン！

しかし、セフィリスの目の前でネメシスの手刀が弾かれた。白い聖なる光の壁で彼女は守られたのである。

「ちっ！　何奴だ！　余の愉しみを邪魔する奴はっ！」

そこに現れたのは二人の人間だった。少年と少女である。

「そこまでにしてくださいっ！　私とトールがこの場に来たからには一切の悪行を断じて許すつもりはありませんっ！　邪神さん！」

少女が宣言する。

「ちっ！」

ネメシスが舌打ちした。

「エミリア……覚悟しておけ。こいつ、やはり邪神を名乗るだけあって相当強いぞ」

少年が告げる。

「舐めるな！　人間！　十年かそこらしか生きていない小童と小娘がああああああああああああああああああああああああ！」

キィン！

少年の持っている剣とネメシスの手刀がぶつかり合い、けたたましい音を立てた。

こうしてエルフ国を舞台にした、激しい闘いの火蓋が切って落とされた。

俺達は助けたエルフ兵達とエルフ国を目指していた。

「あそこがエルフ国です。普段は視覚を誤魔化す結界を張っているのですが、それが破壊され、普通に見えるようになっています」

「やはり、邪神の仕業ですか」

俺は聞いた。

「は、はい。その通りです」

ってことはまずい。エルフ国には既に邪神の脅威がすぐそこまで迫っているということだ。

「急ぐぞ！　エミリア！」

「うん！　トール！」

俺とエミリアは先を急いだ。

その途中、俺達は傷ついているエルフ兵を見つけた。

「エミリア、癒してやってくれ」

「うん、トール。ヒール！」

エミリアは傷ついているエルフ兵を癒した。

「あ、ありがとうございます！」

「礼はいいです。俺達、急いでるんです。邪神はどこに向かいましたか？　答えてください」

「は、はい！　この先を行ったところにあるエルフ城に」

「エルフ城ですか。ありがとうございます！　急ぐぞ！　エミリア！」

「うん！　トール！」

俺達はエルフ城を目指した。

◇

「ここがエルフ城か」

俺達はエルフ城に入る。

「いやああああああああああああああああああああああああああああああああ！」

悲鳴が聞こえてきた。

「エミリア！」

「わかったわ！　トール！　ホーリーウォール！」

エミリアは聖女としての防御魔法を使用した。聖なる光の壁がエルフの少女を守る。

あれはエルフの王女様か。

キイン！

甲高(かんだか)い音が鳴り響いた。

そこにいたのはエルフの王と思(おぼ)しき人物。そして王女。

さらにはもう一人。褐色(かっしょく)の肌をした、ダーク・エルフのような少女。美しい少女のような見た目をしているが、物凄(ものすご)い殺気を放っている。

こいつが邪神か。想像していた姿と違うが。

「トール……あれが邪神？」

「みたいだな」

「私もっと、モンスターみたいなのを想像してたわ。うじゃうじゃとしたような」

「そうだな。俺もだ」

「ちっ！　何奴だ！　余の愉しみを邪魔する奴はっ！」

「そこまでにしてくださいっ！　私とトールがこの場に来たからには一切の悪行を断じて許すつもりはありませんっ！　邪神さん！」

「ちっ！」

「エミリア……覚悟しておけ。こいつ、やはり邪神を名乗るだけあって相当強いぞ」

「舐めるな！　人間！　十年かそこらしか生きていない小童と小娘がああああああああああああああああああああああああああ！」

邪神が俺に襲い掛かってきた。手刀。だが魔力を帯びている。そこら辺の聖剣や魔剣程度の切れ味はあるだろう。

「セルフ・レンド《自己貸与》剣聖」

俺は近接戦闘用に、自身に剣聖の職業をセルフ・レンド《自己貸与》する。

キィン!!

俺の剣と邪神の手刀が激しくぶつかり合う。

「ほう……貴様、相当な力を持っているな。以前自分を勇者だとか謳っていた蠅とは随分と違うではないか」

「勇者だと謳っていた蠅？」

エミリアは首を傾げる。

「いや、もういい。俺は想像がついた。多分、あいつらだ」

ラカム達。何をやっているんだ。暴走しすぎだろう。空回りもいきすぎている。何をどうすれば邪神を目覚めさせる結果になったんだ。

理解に苦しむ。

「面白い。気に入ったぞ……だが、今日のところは引いてやる。余も万全の状態で迎えうってやろう」

邪神は突如消えた。転移魔法（テレポーテーション）だ。

「なっ⁉　消えたの⁉」

「それより、大丈夫ですか」

俺は襲われていたエルフの王女を介抱する。

「あ、ありがとうございます！　あなた様は命の恩人です！」

するとエルフの王女が涙を流しながら俺に抱き着いてきた。

「なっ⁉」

「トール！　にやにやしないでよ！　もうっ！」

エミリアは顔を真っ赤にして怒鳴った。

「う、うるさい！　にやにやしてなんかない！」

「う、嘘！　女の子に抱き着かれて嬉しそうな顔して！」

「い、今はそれどころではないだろうが！」

こうして、邪神の危機は一旦ではあるが去ったのである。

【ラカムSIDE】

ラカム達はエルフ国の近くにいた。

「自分達のミスは自分達で取り返すんだ！　お前らっ！　勇者パーティーの真の実力を見せつけてやろうぜっ！」

ラカム達は目覚めさせた邪神を倒す為にエルフ国に向かったのである。あれほどの実力差を見せつけられ、命を拾ったというのに懲りない連中であった。

「そうだ！　今が俺達の真なる力が目覚める瞬間だ!!　勇者としての力に！」

「そうよ！　私の大魔法が目覚める時！」

「そう！　俺の聖騎士としての究極剣が目覚める時だ！」

「そうです！　僕の回復魔法が復活する時です！」

四人は自分達がチート職業に就いていると確信していた。思い込みとは怖いものだ。

「いくぜえええええええええええええええええ!!」

エルフ国の近くには神殿から発生したモンスターがいた。魔物のようなモンスターである。

「くらえええええええええええええええええ!!!　勇者アタ――――――――――ック！」

キイン！

しかし攻撃はまるで通用しなかった。そして吹き飛ばされる。

「うわああああああああああああああああああ!!」

ラカムは無様にゴロゴロと地面に転がった。

「ラ、ラカム！」

「くそっ！」

ラカムは地面を拳で叩いた。

「どういうことなんだよ！　ど、どうしたんだ！　どうして真なる力に目覚めねぇ！　俺は勇者なんだぞ！　そして俺達は最強の勇者パーティーだってのに!!」

「ほ、本当ね。スランプにしても長過ぎよ」

「一体、どうしたんでしょうか。僕達」

「一体なぜ、聖剣の切れ味が悪くなったんだ」

四人は訝しんだ。四人は追い出したトールの影響だという考えにはなぜか至らないようだ。

「くそっ！　撤退だ！　四人で会議をするぞ！」

四人は戦線を離脱し、会議を始めることにした。

◇

「なぁ、どういうことだと思う？　なぜ俺達は調子を取り戻せていない」

「あっ！　わかっちゃったわ！　私！」

メアリーが手をあげる。

「なんだ!?　メアリー！」

「私達の力を脅威に思った魔王軍が、力を封じる呪いの魔法を、こっそりと知らないうちにかけてきたのよ！　それで力が発揮できなくなったのよ！」

「それだな！　それあるなっ！」

「ええっ！　それかもしれませんっ！」

「その呪いが解ければ、俺の聖騎士としての剣技も！　聖剣の切れ味も元に戻るんだなっ！」

「僕知ってますよ！　王国に、呪いに詳しい呪術師の館があるんです！　そこで見てもらえばきっと一発で呪いを解いてくれますよ！」

「ああ！　そうだなっ！　その通りだ！　そこへ向かおうぜ！」

勇者（だと自分で思っている）パーティーは都合よく物事を考え、呪術師の館へと向かった。

【ラカムSIDE】

ラカム達は呪術師の館にきていた。目の前にいる怪しげな婆さんが呪術師である。

「むむむっ！　はっ、はは――――――――!!!」

呪術師の婆さんは能力を発動した。呪術鑑定である。まず相手がどんな呪いをかけられているのかを確認するのだ。

「どうだ？　婆さん、俺達の力を脅威に思った魔王軍が、俺達勇者パーティーに呪いをかけたんだろ？」

自分では勇者だと思ってるラカムが聞いた。

「私の大魔法が使えなくなったのも、きっと、その呪いのせいなのよねー！　そうにきまってるわっ！」

自分が大魔法使いだと信じているメアリーは言った。

「俺の聖剣の切れ味が悪くなったのもその結果だろう。全く、魔王軍も恐ろしいことをするぜ。能力を封じる呪いをかけてくるなんて。やはり、俺達勇者パーティーの真なる力がよほど恐ろしいのだと見える」

そう、自分を聖騎士だと信じているルードは言った。

「そうです。僕の回復魔法が使えないのも、きっとそのせいです。全く、魔王軍は恐ろしい連中です。勝つためなら手段を選ばない、なんて非道な連中でしょうか！」

そう、自分を大僧侶（だいそうりょ）だと信じているグランは言った。

「ははっ!!　はっ――――――――――――!!」

呪術師の婆さんは呪術鑑定を終えたようだ。

「呪術鑑定は終わったぞよ」

「ど、どうだ!?　呪術師の婆さん！　俺達にはやっぱり能力を封じる呪いがかけられてたんだろっ！　早くその呪いを解いてくれよ！」

「うむっ！　結論から言うとそなたらにはそのような呪いなど一切かけられておらんっ！　呪いをかけられてないのだから、解く必要はそもそも最初からないっ！」

「「なんだと――――――――!!!」」

「なんですって――――――――――!!!」

四人は驚いていた。

「そ、そんな嘘だ！　だったら俺達はどうして真なる力を発揮できないんですかっ！」

「それは知らんっ！　わしは呪術師だからのっ！　さあ、呪いも最初からかかっていないんだし、鑑定料を払ってさっさと出てってくれ！　他の客が待ってるんだっ！」

「く、くぅ！」

勇者だと自分で思っているラカムパーティーは、呪術師の館を出ていった。

「な、なんでだ？　なんで俺達が真なる力を発揮できない？」

「そういえば、あのトールが俺達のパーティーを去る時、何か言っていたな？　あまり覚えていないし。あの時は苦しい言い訳で嘘八百を並べたと思い、流していたが」

「ん？　なんだ？　ルード。そういえばトールの奴、何か言ってたな？」

「なんだったか……職業（ジョブ）は俺が貸してたとか、本当は外れ職業だっただとか」

「ははっ……そういえばそんな捨て台詞（ぜりふ）を吐いていたな。ま、まあ。嘘だろうけど、一応確かめてみるか」

「う、うんっ！　私の天職は大魔法使いに決まってるんだけど、少し不安よね」

「僕の天職も大僧侶に決まってるんですが、最近少し不安になってきました」

「あっ、ああっ！　まさかこの勇者ラカム様の天職が勇者じゃないなんてこと、絶対にありえないと思うけど、最近、俺も少し不安になってきたんだ。いくらなんでも力に目覚めるための時間が長すぎる。いつまでも目覚めないなんて」

「ああ。俺の天職も聖騎士に決まっているんだが。呪いも受けていないとなると、なぜ力が発揮できないのか理解に苦しむ。トールの去り際の台詞。戯言（ざれごと）だと思って流していたが、今ではそうも言ってられない」

「そうだな……職業鑑定士の館がある。そこで俺達の職業を鑑定できるんだ。念の為、行ってみよう」

　こうして徐々に不安を抱き始めた四人は、職業鑑定士の館へ向かうのであった。

◇

「トール様とエミリア様とおっしゃいましたか。お二人のおかげで命を救われました」

「トール様、エミリア様。命を助けて頂きありがとうございます」

そう俺達にエルフ王と王女が礼を言ってきた。

「ええ……どうやら人間の起こした不始末のようですので気にしないでください」

そして俺はその不始末を起こした連中に心当たりがあった。恐らくはあいつらであろう。勘違いをしているが故に猶更たちが悪い。問題を解決する力を失っているのに、わざわざ問題を起こしに行くのだから。

「ですが邪神から命を救われたことには間違いありません。誠にありがとうございます」

「ですが、邪神は復活し、今もなお健在なのです。ですから安心はできません」

根本的な解決には至っていない。だから安心するのは早すぎだ。

「邪神はどこにいるのでしょうか？」

「恐らくは神殿に戻ったのでしょう。神殿には多くの魔力が集まってきます。その力を集めることで邪神はかつての力を取り戻していきます。復活したばかりの邪神はかつての邪神ではなく、ある程度力を失った存在なのです」

「そうなんですか……」

それであの力なのか。侮れないな。流石は邪神だ。千年前、人間達が大いに苦しめられた存在らしい。

「トール様、助けて頂いておいてなんですが、どうか邪神を倒しては頂けないでしょうか？

あなた様の力が必要なんです」

「私からもお願いしますっ！　トール様っ！」

エルフ王と王女に頼まれる。

「最初からそのつもりです。俺達は冒険者ギルドから復活した邪神を倒すように要請されて、ここに来たのですから」

「ありがとうございます。勇者様。邪神は恐らくは力を回復している途中。すぐには襲い掛かってはこないと思います。ですので今晩はエルフ城でお休みください」

「ありがとうございます。お言葉に甘えさせてもらいます」

こうして俺達はエルフ城で寝泊まりすることとなる。

◇

「はぁ…………」

俺はエルフ城の大浴場で入浴をしていた。それは食事の後の出来事であった。

湯気の中から誰かが現れる。まさか、エミリアか。ありえそうだ。いくら幼馴染(おさななじみ)とはいえ、混浴はまずいだろう、そう思っていた時だった。

「エミリア……いくら幼馴染でも俺とお前はもう十五歳なんだし」

しかし、湯気の中から現れた人物は、俺の予想を裏切る人物であった。

「セフィリス王女！」

俺は慌てた。セフィリスはその彫刻品のように美しい整った身体を惜しげもなく晒していたのだ。

それほど凹凸のない体つきをしていたのだが、それでも俺の心臓の鼓動を高まらせるには十分すぎるほどのものであった。

「どうしたのですか！　セフィリス王女」

「我がエルフ国をお救いになった英雄。そして私の命の恩人であるトール様のお背中をお流ししたいのです。ご迷惑でしょうか？」

顔を真っ赤にしてセフィリス王女が聞いてくる。相手はエルフ国の王女だ。「はい、迷惑です」なんて言えるわけもなかった。

「も、勿論、迷惑なわけがないですけど」

「では、トール様。お背中を流させてくださいませ」

こうして俺はエルフ国の姫。セフィリス王女に背中を流されることになった。

◇

「……いかがですか？　トール様。かゆいところなどは？」

「い、いや。特にはないです」

「そうですか、では、前の方を」

「そ、それはいいです！」

俺は断固拒否する。

「？　そうですか？」

セフィリスはそう言って首を傾げていた。

——と、俺がセフィリスに背中を流してもらっていた時のことだった。

ガラガラガラ。大浴場の戸が開かれる。

「な!?」

そこに入ってきたのは幼馴染。そして今では俺のパーティーメンバーとなっているエミリアの姿であった。

「トール、背中を流しにきたよ！　あっ！　トール！　何をやってるのよ！」

「あっ」

俺は、エミリアに見られてはまずいところを見られてしまった。

「な、何をやっているのよ！　トール！　まさかエルフのお姫様とあんなことやこんなこととか、いけないことをしていたんじゃないでしょうね！」

「そ、そんなことするわけないだろ！　ただ背中を流してもらっていただけだよ」

「なーんだ。背中を流してもらってただけか……。って！　それはそれで大問題よ！」

エミリアは叫んだ。風呂場なのでよく声が響く。

「もういい！　こうなったら私もトールの身体を洗う！　隅々まで！」

「い、いいから！」

「遠慮しないでトール！　だって、私達幼馴染じゃない！」

幼馴染というだけで、なんでもしていいというわけではないだろう。俺は溜息を吐く。

こうして俺はエルフの姫と人間の姫に背中を流されることになったのである。

慌ただしい入浴時間。エルフの城での時間が過ぎていく。そして翌日となる。

俺達はエルフ城にいた。

「トール様……」

俺達の目の前にエルフの王女セフィリスが姿を現した。金髪をした絶世の美少女。白い肌は雪のようであった。

どんな男でも、目の前にこんな美しい少女がいたら、胸が高鳴ってしまうであろう。

昨日のことを思い出すと思わず気恥ずかしくなるが、できるだけ俺は平静を装った。

「？　どうかされましたか？　トール様」

セフィリスはきょとんとした表情になる。天然なのか？　あるいはエルフと人間では文化が違うのか。セフィリスは極めて平然としていた。まるで昨日何もなかったかのように。

恥ずかしがっている俺が馬鹿みたいだ。俺は気を取り直す。

「どうしたんですか？　セフィリス姫」

「トール様。呼び捨てで構いませぬ。あなた様はエルフ国を救った英雄なのですから。そして私の命の恩人なのですから」

「無理を言わないでください。セフィリス姫。あなた様はエルフ国の王女なのです」

エミリアも一応は王女ではあるが、それでも最近再会した幼馴染だし、しかもエルフ国の王女セフィリスとでは立場が異なっている。

「わかりましたわ。トール様」

結局そこは変わらないようだな。まあ、仕方ないか。俺は溜息を吐く。

「それで何か、俺達に用でもあるんですか？　セフィリス姫」

「トール様にお願いがあるのです」

「お願いですか？」

真剣な顔つきでセフィリスは俺に言ってきた。恐らくそのお願い、とやらには重大な意味があるに違いない。

「エミリア様からお聞きしました。トール様には人に職業（ジョブ）を貸し与える能力があるそうではありませんか。ですから私にその職業を貸してほしいのです。エルフ国の危機を救う為、私自らが皆の力となりたいのです」

セフィリスはそう語り始めた。

「エミリア……お前。俺のジョブ・レンダー《職業貸与者》としての能力を軽はずみに他人に話すなって言ってたよな」

「ごめんなさい、トール。で、でもエルフのお姫様は他人じゃないわ。エルフ国の王女だし、重要な人物よ。話しておいてもいいんじゃないかと思ったの」

「全く……まあ別にいいが。エルフの姫であるセフィリス姫なら、別に話しても差し支えない」

そして、その俺の能力を聞いたセフィリスが俺に頼みか。概ね想像がつく。

「もう一度、聞きますが俺の職業を貸せばいいんですね？」

「は、はい。そうです。貸していただきたいのです。私に闘える力を授けてほしいのです。私は、この国の危機を救う力となりたいのです」

「お貸しするのは構いません。俺のジョブ・レンダー《職業貸与者》としての能力の使用制限は後二人分残っています。ですが、ひとつだけ断っておかなければならないことがあります」

「はい、なんでしょうか？」

「俺の能力は職業を貸与するだけです。力を得ることはできますが、あなたの無事を保証するわけではありません。それを理解して頂けますか？」

「わかっております。私はこのエルフ国の危機を救うための力になりたいのです。その為ならこの命を捧げても構いません。安全な場所で安穏と暮らしていたいわけではないのです」

彼女は強い眼差しで言った。美しい少女ではあるが、その美しさや姫としての立場に甘えない、凛とした印象のある少女だ。エルフなのだから年齢は少女どころではないのかもしれない。

まあ、年齢に関しては置いておこう。女性に——ましてやエルフに年齢を訊ねるのは禁忌であろう。世の中知らない方が良いことは確実に存在する。

「では、セフィリス姫。あなたに力を授けましょうか。邪神ネメシスと闘えるだけの力を」

俺はセフィリスの額に手をかざした。

「ジョブ・レンド《職業貸与》」

俺はエルフの姫セフィリスに『弓聖』の職業を貸し与えた。

「す、すごい……力が溢れてきます。これが弓聖の力なのですか」

セフィリスは弓を持っていた。アルテミスの弓。伝説的な武器だ。様々な矢を放つことができる。

「そうだ。その通りだ。これが俺のジョブ・レンダー《職業貸与者》としての能力だ」

「ありがとうございます。トール様。これで私も闘えるのですね」

「簡単に言わない方がいい。相手はあの邪神だ。職業や力なんてもの、スキルもそうだ。与えられるだけでは不十分なんだ。使いこなせなければならない。武器っていうのは与えられるだけではなく、使っていかなければならないんだ」

俺は諭す。

「使っていかなければならない」

「そうだ。邪神は今、本来の力を取り戻しているそうだ。だから俺達もそれに対する策を練(ね)っていかなければならない。つまり必要なのは訓練だ」

「……でもトール、どうやってそんな訓練をするというの？」

エミリアが聞いてくる。

「本来ならできないことだが俺にはジョブ・レンダー《職業貸与者》としての能力がある。こいつを利用すれば本番さながらの訓練が可能だ」

俺は自分で自分に職業(ジョブ)を貸与(レンド)する。

「セルフ・レンド《自己貸与》」

職業として貸与するのは『ものまね士』だ。俺は杖(スタッフ)を持った魔導士風の職業になる。

「トール、なにその魔法使いみたいな職業は。トールは今度は何になったの？」

「これは『ものまね士』だ」

「ものまね士？　なにその職業」

「要するに擬態ができる職業だな。能力そのままをトレースして擬態するのは不可能だが、見たことのある相手に擬態することができる」

俺は実際、邪神ネメシスと交戦したのだから、条件は問題なくクリアしている。

「だから俺はこの『ものまね士』で邪神ネメシスに擬態する。俺が邪神ネメシスになるんだ」

「トールってそんなこともできるの!?　なんでもできちゃうのね!?」

エミリアが目を輝かせる。

「なんでもじゃない。できることしかできない。それじゃあ、いくぞ」

ものまね士となった俺はそのスキルを発動する。俺はものまねをした。真似たのは邪神ネメシスの姿だ。

「よし……！　成功したぞっ！」

「うーん……トールってわかってても、実際にその姿を目の当たりにすると怖いわね……。思わず身構えてしまう」

「私もです。実際目の前に我がエルフ国を襲った相手とそっくりの相手がいると、自然と緊張してしまいます」

二人は怯んでいた。

「そんなことよりさっさと始めるぞっ！　短期間でお前達は強くならなきゃなんだからなっ！」

「「はい！」」

こうして俺達は邪神との闘いに向けて戦闘訓練を行っていくこととなる。

【ラカムSIDE】

ラカム達は職業鑑定士の館の前にいた。

「ま、まさかな！　この俺様が勇者じゃないなんてそんなことありえねぇよな！」

ありえないと言いつつも、ラカムの顔はひきつっていた。まさかとは思っていたが、内心は怯えていた。万が一の可能性があった。

あの当時、トールを追放した時はあの言葉をただの妄想としか思っていなかったが、なんとなく最近は現実味を帯びてきたのだ。

（俺様が勇者じゃなくて村人だと……）

そんなことあるわけねぇ！　あるわけねぇ！　内心ではそう思いつつもどこか否定しきれないでいる自分がいた。

最近の不調具合はおかしい。あまりに長すぎる。勇者としての真なる力に目覚める気配もない。

自分が勇者ではなく村人なのだと仮定すると、全ての疑問が氷解してしまう。勇者ではなくそもそも村人なのだとしたのならば、勇者としての力を使えなくなったのはただの必然に過ぎない。

だが、怖かったのだ。勇者であるというアイデンティティーがラカムを支えていたのだ。そのアイデンティティーが一気に崩壊してしまうことになる。

ラカムを支える心のよりどころが何もなくなる。

（そんなわけねぇ！　俺は大勇者ラカム様だ！　俺は村人なんかじゃ絶対にない！　あんなトールの見苦しい嘘に決まっている！　今頃荷物持ちトールはどこかのパーティーで荷物持ち

をしていることだろうぜ）

「俺達は最強の勇者パーティーだ！　だ、だよな？」

　不安に思いつつもパーティーの仲間に確認をする。

「そ、そうよ！　私大魔法使いメアリーよ！　私の大魔法はすっごいんだからっ！」

　メアリーの言葉は強気であったが、表情はこわばっていた。やはり不安なのだろう。彼女も。

「そ、そうだ！　俺は聖騎士としてこの世に生を享けた男だ！　俺は紛れもない聖騎士だ！」

　ルードの言葉は強気であったが、表情はこわばっていた。やはり不安なのだろう。彼も。

「そ、そうです！　僕は大僧侶グランですっ！　僕は大僧侶として天職を授かったんですっ！僕は多くの人々の怪我や病を癒す為に生まれてきたんですっ！」

　グランの言葉は強気であったが、表情はこわばっていた。やはり不安なのだろう。彼も。

「ま、まあ。一応確認のためだ。入ろうぜ」

　四人は怯えつつも職業鑑定士の館へと入っていった。

「いらっしゃいませ……ん？　あんたはあの有名な勇者ラカム様、そしてパーティーの連中じゃないかい？　どうしたんだい？　こんな職業鑑定士の館に」

　鑑定士の婆さんはラカム達が来たことを驚いていた。勇者ラカムのパーティーは破竹の勢いで数々の功績を残していったパーティーであり、その存在は有名になっていた。認知している人々は多い。

「あ、ああ。婆さん。俺達の職業を鑑定してほしいんだ？」

「職業を鑑定？　勇者パーティーの？　おかしなことを言うもんだね」

「さ、最近俺達調子がおかしいんだ。それで改めて職業を鑑定したくなったんだ。鑑定してはくれねぇか？」

「そりゃまあ、それが私の仕事だからね。お金さえくれればいくらでも職業を鑑定するよ」

「じゃあ、頼む」

「お題は一人銀貨一枚だよ」

「あ、ああ。払うよ」

四人分で銀貨四枚を鑑定士の婆さんに払った。

婆さんの目の前には水晶がある。その水晶を利用して職業を鑑定するようだった。

「それではいくぞよ。ラカム、メアリー、ルード、グラン！　そなた達四人の職業を鑑定してしんぜよう。はああああああああああああああああああああああああ！」

婆さんは叫んだ。水晶がピカ――――――――――――――――――！　と光を放ち始める。

ラカム達四人は不安に思いつつも、その鑑定結果を待つ。

◇

『弓聖』となったセフィリスは弓矢を構える。

邪神を模した俺は、セフィリスとエミリアとの戦闘訓練を行う。

「はああああああああああああああああああああああ！」

弓聖の職業を貸し与えられたセフィリスは火の矢を放つ。

「火の矢（フレイムアロー）！」

セフィリスの持っているアルテミスの弓はあらゆる属性、様々な効果を持った弓を正確無比に射ることのできる職業（ジョブ）だ。まさしく弓聖である。

俺に紅蓮（ぐれん）の矢が襲い掛かってくる。だが、俺は邪神のコピーとなっている。邪神ネメシスができることは大抵、俺でも行うことが可能だった。

俺は魔力障壁を展開し、セフィリスの放った矢を無効化する。

「……くっ！　氷の矢（フロストアロー）！」

セフィリスは続いて、氷の矢を放つ。

「無駄だ！」

俺はそれを手刀で切り落とす。魔力を通した鋭い手刀はそんじょそこらの剣よりもよほど斬れるし頑丈だ。

そして邪神の身体能力は異様なほど高かった。

「なっ!?」

「ホーリーウォール!」

瞬く間に近づいた俺は、セフィリスに斬りかかった。咄嗟に俺の攻撃をエミリアがホーリーウォール——聖なる光の壁によって、俺の斬撃は防がれた。

「ふう……」

俺は『ものまね士』の変身を解く。いつもの人間の、トールとしての姿になった。

「ふう……やっぱり、いつものトールの姿が落ち着くわね」

エミリアが胸を撫でおろす。

「これでわかっただろう? セフィリス姫。弓聖の弱点が」

「はい……近づかれると何もできませんね」

セフィリスは語る。実感したようだ。弓聖の特徴を。

「その通りだ。近づかれるとなんにもできない。だが、弓聖はリーチに優れた職業なんだ。遠距離専用の職業だな。離れた距離にいたのならば一方的に攻撃ができるというわけだ。いかに相手を近距離戦に持ち込ませないか、距離を詰めさせないかが重要な職業だな」

「相手をいかに近づかせないか」

「実戦では地形的なこともあるし、何よりも俺が前衛になるだろうから、さっきのように簡単に近づかれはしないとは思うが、それでも近づかせない工夫や戦略は必要になってくる。それじゃあ、もう少し続けようか」

「「はい！」」

俺は再度、邪神となる。

こうして俺はしばらく邪神を模して、セフィリスとエミリア。三人で戦闘の訓練を行ったのであった。

それからしばらくして、俺達は邪神が再び動き出したことを知る。どうやら力を十分に蓄えることができたようだった。

かつてより強くなった邪神相手に俺達がどれほどやれるのか。果たして無事倒せるのか。

正直不安ではあった。だが、ここまできたらもうやるしかなかったのだ。

【ラカムSIDE】

「ほわあああああああああああああああああ！　はわああああああああああああああああああああああああああ！」

職業鑑定士の館で、鑑定士の婆さんが長ったらしい、気合の籠もった叫び声を放つ。

熱心に目の前の水晶に向かって念を送っているように見えた。実際のところは魔力を注いでいるのであろう。

水晶が怪しく光り出す。そして光を放ち終えたようだ。元に戻る。

「ふむ。鑑定結果が終わったぞよ！」

「ど、どうだったんだ！　俺様は勇者に決まってる！　なんたって大勇者ラカム様なんだからなっ！」

「私もそうよ！　大魔法使いメアリーに決まっているんだから！」

「俺もそうだ！　俺の名は聖騎士ルード！　聖騎士として聖剣を振るう為に生まれてきた男なんだ！」

「僕もそうです！　僕ほど聡明な人間が外れ職業であるはずがありません！　僕は大僧侶グランです！　そんなはずはありませんが、一応、職業を確かめておきたいんです！」

皆、冷や汗を流していた。いくらなんでも、現実から目を背けることができなくなっていたようだ。流石の四人も「もしかしたら」という程度の懸念を抱き始めていた。

チート職業についていて、今まで連戦連勝を重ねてきた、そして周囲からの名声や金、地位などを得ていた。そのことだけが彼らの唯一のアイデンティティーだったのだ。

「うむ！　鑑定結果としてはだ！」

職業鑑定士の婆さんは語り始める。妙に間を置いた。緊迫した空気が流れる。

「「「「…………」」」」

「ど、どうしたんだよ！　婆さん！　そんな重そうな空気だして！　俺は勇者なんだよな！　そうなんだよな！」

「私は大魔法使いでしょ！　大魔法使いメアリーよね！」

「俺は聖騎士のはずだろ！　聖剣を振るう為に生まれてきた聖騎士だ！」

「僕は大僧侶ですよね！　聡明な僕が外れ職業なんかに選ばれているはずがない！」

四人は必死になっていた。必死に不安から目を背けようとしていた。

「うむ……実に言いづらいが」

鑑定士の婆さんは躊躇った後に真実を告げる。

今明かされる衝撃の真実——であった。四人にとっては。

「おぬしらは！」

ごくり。四人は唾を飲んだ。

緊迫した空気が流れる。時がスローモーションのように流れた。

「ラカム！　メアリー！　ルード！　グラン！　そなた達四人は！」

鑑定士の婆さんは告げるのであった。

「自分達の思っているような天職には就いておらん！」

ガガガ————————————————————ン！

そう音がしそうなほどであった。彼ら四人の頭に巨大な石を投げつけられたような。それほどのショックであった。あるいは雷に打たれたような衝撃。

それほどのインパクトのある告白であった。

「な、なんだって！　それは本当か！　鑑定士の婆さん！」

「う、嘘でしょ！　そんなこと！　嘘よ！　嘘に決まってるわ！　ねぇ！　嘘って言ってよ！」

「し、信じられない！　何かの間違いだろ！」

「う、嘘です！　僕は大僧侶グランに決まってます！」

四人は鑑定士の婆さんに食って掛かった。

「わしに言われても困る……なぜそなた達がそんな勘違いをしていたのか。わしにもわからん」

「な、なんだっていうんですか！　俺が勇者でないって言ったら、俺はなんなんですか!?」

「うむ。ラカム！　そなたの天職は『村人』じゃ！」

ガガガ――――――――――――――――――――ン！

再度の衝撃がラカムを襲う。

「お、俺が村人だと……」

ショックのあまり、ラカムはその場にヘタレ込んでしまう。

「わ、私はなんだっていうのよ！　お婆さん！」

「うむ。メアリーよ。そなたは遊び人じゃ！」

「わ、私が遊び人……」

メアリーはその場にヘタレ込んだ。

「お、俺はなんだっていうんですか！　聖騎士じゃないなら！　なんだって！」

「うむ。ルードよ。そなたは農民じゃ！」

「の、農民……お、俺が農民だって！」

ルードもショックのあまりヘタレ込んだ。

「ぼ、僕はなんだっていうんですか！　まさか聡明な僕が外れ天職に選ばれているわけが！」

「うむ。そのまさかじゃ。グランよ。そなたの天職は無職じゃ」

「ぼ、僕が無職！　そ、そんな馬鹿な」

グランもヘタレ込んだ。

「何をヘタレ込んでおる！　ショックを受けられてもわしは天職を鑑定しただけぞよ！　さあ！　鑑定料を払って出ていっておくれ！　次の客が入ってくるぞよ！　さあさあ！　迷惑だ！　出ていけ！」

ショックを受け、ヘタレ込んでいるラカム達を鑑定士の婆さんは追い出す。別に冷たいわけではない。わけもわからずその場にヘタレ込んだラカム達は仕事の邪魔でしかない

こうして真実を告げられたラカム達は職業鑑定士の館から追い出されたのである。

◇

「よい……余（よ）の力がみなぎってきたぞ」

目覚めたばかりの邪神は、ホームである神殿で失われていた魔力を集めていた。

「いでよ。アークデーモンよ」

邪神は目覚めた力で僕（しもべ）を呼び出す。恐ろしい上位悪魔である。Sランクの冒険者パーティー

でも舐めてかかることができない、強力なモンスターだ。悍ましい形をした悪魔である。

「……よいな。アークデーモンよ。エルフ国を滅ぼせ。エルフ国には侮れぬ力を持つ人間がいるぞ。エルフの姫もろとも、姿かたちが残らぬように捻りつぶすのだぞ」

「わかりました。我が主、ネメシス様」

「では向かえ！」

「はっ！」

こうしてアークデーモンは、邪神が封じられていた神殿からエルフ国へ進撃するのであった。

俺達は邪神が封印されていた神殿へと向かった。邪神はそこで魔力を回復させているらしい。

俺は感じた。凄まじい力を。神殿の方向から。

「エミリア！　セフィリス姫！　来るぞ！　神殿の方から物凄い力が！」

目の前には砂漠が広がっている。その為、見晴らしは良かった。遠方から襲来してくる、巨大な物体が見える。

禍々しい身体。間違いない。この力は悪魔の力だ。それもただの悪魔ではない。上位悪魔の力。

「はい！　トール様」

俺が前衛を引き受ける。後衛職であるエミリアとセフィリスは後衛につく。二人は基本的に接近戦が得意ではないからだ。

上位悪魔アークデモーンは俺達の目の前で歩みを止める。俺達は見下されていた。かなり威圧感のある見た目であった。その上、中からあふれ出てくる力は凄まじく、決して見た目だけの張りぼてではないことを意味していた。

「ふむ。なんだ、貴様ら……人間。それにエルフか。そうか、貴様達が我が主であるネメシス様がおっしゃっていた難敵か」

「お前は、やはりネメシスの僕(しもべ)か何かか？」

「いかにも、我はネメシス様が召喚なさった悪魔だ」

アークデーモンは語る。

「悪魔か……」

「どうしたの？　トール」

「極めて悪魔に対して有効な職業(ジョブ)があるんだ。しかもパーティー構成的に俺は前衛職をセルフ・レンド《自己貸与》すべきだろう。その点でも合致している職業がある」

「何を躊躇(ためら)っているのよ？　トール。敵は目の前なのよ！」

「だよな……」

エミリアに諭(さと)され決心がついた。

「何を呑気(のんき)におしゃべりしている！　こちらからいくぞ！」

「くっ！」

アークデーモンは巨大な拳を放ってきた。砂漠に砂煙が立つ。

「ちっ。仕方がないな。セルフ・レンド《自己貸与》」

俺は自身に『聖騎士』の職業を貸与する。

「な、なに!?　なんだこの力は！　くっ！」

慌ててアークデーモンは俺に拳を振り下ろしてくる。俺はその攻撃を聖剣エクスカリバーで受け止めた。聖剣が眩いばかりの光を放ち、アークデーモンの拳とせめぎあう。

「トール！　その職業は！」

「ああ……残念ながらルードに貸してた職業だ。ひどく印象が悪い」

あいつは今や聖騎士ではなく、農民だから被ってはいない。だが、なんとなく個人的な印象は悪かった。とはいえ、今は戦闘中だ。生死に関わる。だからそんなことを言ってられなかった。

「くっ！　貴様か！　面妖な力を持つ人間とは！」

邪神は俺の力を一度見ている。そのことを伝えたのだろう。

「食らえ！」

アークデーモンは口からブレスを吐いた。暗黒のブレスが俺を襲う。

「ホーリーウォール！」

「ぬっ！　な、なにっ！」

アークデーモンは面食らっていた。エミリアの放った聖女の力。聖なる光の壁で俺への攻撃が阻まれたからである。

「聖なる矢！」

弓聖の職業を貸与されているセフィリスは聖属性の矢を放つ。魔族の基本的な属性は闇属性だ。故に聖属性の攻撃が弱点となる。セフィリスはちゃんとその弱点属性で攻撃をしているというわけだ。

「ぐっ！　こ、小癪なっ！」

アークデーモンは怯んだ。矢のダメージはさほど大きくないが、弱点属性の攻撃であることもあり、それなりに痛かったようだ。

「今だ！」

俺は聖剣エクスカリバーの力を解放する。聖なる光の気が天まで届くほど、高くまで伸びる。

「な、なにっ!?」

「食らえ！　アークデーモン！」

俺はその聖なる光の気を振り下ろす。

「うおおおおおおおおおおおおおお！」

「ぐ、ぐわあああああああああああ！」

聖剣エクスカリバーの放つ光に呑み込まれたアークデーモンは一瞬で消失する。肉片のひとつも残さず、灰塵と化した。

「やった！　トール！　すごい！」

エミリアとセフィリスが駆け寄ってくる。

「喜ぶな……まだ手下を倒しただけだ。肝心の邪神が残っている」

「そうね」

「行こうか。邪神のいる神殿へ」

「うん」

俺達は向かう。邪神がいる神殿へ。

「ここが神殿か……」

俺達の目の前には神殿があった。

「もう！　ここにラカム達が忍び込んで滅茶苦茶なことをしたのね！　どうしようもない連中なんだから！」

エミリアは怒鳴っていた。

「よせ、エミリア。ラカム達を責めてもどうしようもない。奴らもわざとやったわけじゃないだろう。ドラゴン相手の時と同じように、自分達の本当の天職を勘違いしているから起こった悲劇だ」

「それはそうだけど」

「それより中に入るぞ。ここでじっとしていても始まらない」

「うん」

　俺達三人は神殿の中に入っていく。

◇

　神殿の中に俺達は入った。だが、特に何も起きなかった。

　俺達はなんの障害もなく、奥まで進んでいく。

「何も起きないわね」

「ああ……だが、気を付けろよ、何があるかわからない。ここは敵の陣営なんだからな」

「うん」

「トールさん！　見てください！　あれはっ！」

「んっ！　あれは！　邪神ネメシス！」

　だだ広い空間に邪神ネメシスは立っていた。ものすごい殺気を放っている。

「アークデーモンを倒してここまで来たのか……やはり貴様らは侮れないな」

　かつてよりもずっと強い力を放ち、邪神は俺達の前に立つ。

「邪神さん！　よくもエルフ国を滅茶苦茶にしてくれたわね！　私達が来たからにはもう好き

にはさせないわよ！」

　エミリアは言い放つ。いつも威勢のいい奴だ。

「ふっ……それは楽しみだな。お前達に余が倒せるというのか」

「倒せるに決まってるわよ！　だってトールがいるんだもの！」

「エミリア！　セフィリス姫！　邪神が来るぞ！　構えろ！　俺と練習してきたことを思い出すんだ！」

「「はい！」」

「ゆくぞ！　人間！　そしてエルフよ！」

　邪神ネメシスは魔力を込めた手刀で、俺達に襲い掛かってくる。

「セルフ・レンド《自己貸与》。剣聖」

　俺は接近戦用の職業『剣聖』をセルフ・レンド《自己貸与》する。

　キイン！

　甲高い音が鳴った。

「ぬっ！」

　俺の剣と邪神の剣がせめぎあう。

「トール！」

　エミリアは聖女としての力を発動する。

「オールステータスバフ！」

エミリアの聖女の力。俺に支援魔法（バフ）をかけた。支援魔法で俺の身体は聖なる光に囲まれる。俺の攻撃力と防御力は本来よりも増加する。

いける。邪神の力は強いが、それでも力負けする気がしない。

「はぁ！」

「な、なにっ！」

俺は邪神を力で上回った。

「聖なる光の矢（ホーリーアロー）！」

怯んだ瞬間。弓聖セフィリスは矢を放った。練習通り、聖属性の矢を使用する。弱点属性を攻める。これは戦闘の鉄則でもあった。

「ぬっ！　小癪な！」

いくら防御力の高い邪神とはいえ、弱点属性の攻撃は有効であった。軽視できないダメージを負ったようだ。

「聖なる光よ！　邪神を滅ぼしたまえ！　ホーリー！」

聖女であるエミリアは聖魔法ホーリーを発動する。

「なにっ！　ぐわあああああああああ！」

邪神はエミリアの放ったホーリーに呑（の）まれる。

「ナイスだ！　エミリア！　はああああああああああああああああああああ！」

俺は怯んだ邪神に斬りかかる。そして、斬り裂いた。明らかに致命傷のはずだった。

「やったわね！　トール！　いくら邪神でも」

「おかしい……手ごたえがない」

「え？　どういうこと？」

「まるで抜け殻を攻撃しているようだ」

喩えるなら今攻撃しているのはセミの抜け殻みたいなものだった。本体が別にいるような、そんな感覚であった。

「ふふふっ……さかしいな、人間。褒美だ。見せてやろう！　余の、邪神といわれた真なる姿を！」

窮地に陥った邪神ネメシスは、真なる姿を解き放った。

【ラカムSIDE】

「くそっ！　なんだって！　あの鑑定士のばばぁ！　俺は勇者じゃなくて村人だっていうのかよ！」

職業鑑定士の館を出たラカムは地面に拳を叩きつける。

「う、嘘だ！　そんなわけねぇ！　あのばばぁ！　大嘘つきやがって！」

ラカムは頑なに真実を否定する。ラカムにとって自分が勇者という特別な存在であることは、唯一のアイデンティティーでもあったのだ。

「だが、待て、ラカム。冷静に考えろよ。あの鑑定士の婆さんが俺達に嘘をつくメリットがあるか？　何もないじゃないか」

「専門家の診断結果なのよ。信じるより他にないじゃない」

ルードとメアリーはなだめた。

「そ、そんな嘘です……聡明な僕が無職なんて外れ職業だなんて」

グランも嘆いていた。だが、同時に信じられる部分もあったのだろう。

「だけど、僕達が急に力を使えなくなったのも理解ができます。僕達は力を封じられたのではなく、最初から力なんてなかった。なぜなら外れ職業に僕達は選ばれていたからです。そう考えれば素直に納得できてしまいます。腑に落ちてしまうんです」

グランは嘆きつつも、それでも現実として納得しようとしていた。そう考えると理に適っているのだ。

「なんだってんだよ！　俺は勇者じゃないのかよ！　俺は勇者じゃ！　俺は村人だっていうのかよ！」

ラカムは涙を流し、拳で地面を叩いていた。

「落ち着きなさいよ。ラカム。怒ったり怒鳴ったりしても何も解決しないわよ。落ち着いて現実を見ないと」

メアリーは諭す。皆喪失感を味わっているのは同じだ。人生で初めて経験する大きな挫折であった。三人はなんとかその挫折感に向き合おうとしている。ラカムだけが、ラカムただ一人だけが子供のように駄々をこね、現実から目を背けているのであった。

「だ、だったらなんなんだよ！　俺達が外れ職業だったとして、今まで連戦連勝してきた力はなんだっていうんだよ！　あの時使ってきた力は幻だったとでもいうのかよ！」

ラカムはそう主張する。そう、ラカム達は連戦連勝を繰り返していた。そして良い気になっていた。それは間違いのない事実だ。夢や幻ではない。

「そんなの簡単よ。トールの言っていたことが本当だったのよ。トールが言っていたことは嘘じゃなくて、トールが私達に職業を貸し与えてくれていたから、本物の勇者パーティーのようにふるまえていた。連戦連勝ができていたのよ」

力なくメアリーが告げる。

「そ、そんな！　奴が！　あの荷物持ち(ポーター)のトールの言っていたことが正しかったっていうのかよ！　それで俺達が間違っていたっていうのかよ！」

「残念ながらそう考えるしかないの。そう考えると辻褄(つじつま)が合うのよ」

「「「「…………」」」」

四人は沈黙した。各々(おのおの)が考え込んでいたようだ。そのうちに通り雨が降ってくる。水で濡れるが四人はお構いなしだった。それよりも目の前に直面している問題が自分達にとって重要すぎて、そんなこと気にしていられなかった。

「で？　……どうするんだよ？　俺達」

ラカムが問う。

「どうするって？　なにを？」

　メアリーが聞き返す。

「これからのことだよ！　これから俺達どうするんだよ！　あの追い出した荷物持ち（ポーター）のトールに泣きつくしかないっていうのかよ！」

　ラカムは叫ぶ。

「そうね……そうするしかないじゃない」

　メアリーは答える。

「今更あいつに頭下げてパーティーに戻ってくれって頼み込むのかよ！　しかも戻ってくれたとしても、ずっとあいつのご機嫌取りをしなきゃなんだぞ！　弱みを握られてるんだ。今までみたいに雑な扱いはできねぇ！　荷物ひとつ持たせられねぇよ！」

「そうだけど……仕方ないんじゃないの？　このままじゃ私達、勇者パーティーとしての使命を何一つ達成できないじゃない。私達は勇者パーティーとして王国グリザイアを旅立ったのに」

「それは……そうだが」

　もはやラカム達に残された唯一の手段であった。封じられた力など存在しない。今まで勇者パーティーとして連戦連勝できていたのはトールが職業を貸していたおかげなのだ。その恩恵がなくなった今、できることはひとつであった。

　トールをパーティーに戻す以外にない。

「皆はどう思う？」

「仕方ありません。あのお荷物トールを呼び戻すしか」

「そうだな。それしか方法がないなら。それを試してみるより他にないだろう」

グランとルード、他の二人も力なく答える。本意ではないが、現状、仕方ない、そんなところであろう。

「けど、あいつは今どこにいるんだ？」

「情報を集めるしかないじゃない。それで探すのよ。とりあえず冒険者ギルドに聞いて回りましょう。今までの情報からするに、洞窟（どうくつ）のドラゴンを倒したのも、あのトールだったとみて間違いないから」

「そうだな。そうしようか」

こうして真実を知ったラカム達はトールの居場所を突き止めるため、情報収集を始めた。まずは冒険者ギルドへ向かうのであった。

「ぬうううううううう！　うおおおおおおおおおおおおおおおおおおおお！」
とても元の美しい少女のような姿からは想像もできないような。おぞましい雄叫（おたけ）びを邪神はあげた。そして膨大（ぼうだい）な魔力が神殿に充満していくことを感じた。
「な、なんだ!?　こいつは!?」

俺達の目の前に物凄い化け物ができあがっていくのを感じた。それはアークデーモンなんかよりもっと巨大な体躯の化け物だ。神殿よりもずっと大きい。そんな大きな存在が誕生したらどうなるか。

答えはひとつだ。神殿は崩れ落ちるに決まっている。

「逃げるぞ！　エミリア！　セフィリス姫！」

「う、うん！　トール！」

「わ、わかりました！」

俺達は急いで逃げ出す。俺達が外に出て間もなく、神殿は崩れ落ちた。

◇

外に出た俺達はその巨大な存在を確認する。禍々しい化け物。先ほど闘ったアークデーモンが可愛く見えるほどの巨大な存在。

まるであのアークデーモンの親分のようだった。アークデーモン自体相当な巨体だったが、それが小さく見えるほどであった。

「あれが……邪神の本来の姿」

セフィリスは呟く。

「よくもやってくれたな！　小僧！　名を名乗れ！」

邪神が俺に言い放つ。

「なぜ、名を知りたいのだ？」

「覚えておいてやろうと言っているのだ。貴様はここで余の力によって死ぬ。だが、この姿にさせた貴様の力は認めざるを得ない。実にあっぱれであった。だから冥途の土産に名を覚えておいてやろうと言っているのだ」

まあいい。敵に名乗るのは趣味ではないが、減るものでもない。

「トールだ」

俺は教える。

「そうか！　しかと覚えたぞ！　トールよ！　それでは悔いなく死ぬがいい！」

「トール！」

エミリアは叫ぶ。

邪神は全身から瘴気を放った。暗黒の瘴気だ。恐らくは状態異常を引き起こすデバフ効果を持っている。

「ごほっ！　ごほっ！　ごほっ！」

セフィリスは思わずその瘴気を身に受けてしまった。

「セフィリス！」

セフィリスは息苦しそうだった。やはりなんらかの状態異常を受けたようだ。

「すみません、トールさん。エミリアさん」

「待ってて、セフィリスさん。クリア」

　エミリアは聖女としての魔法を発動させる。クリア。状態異常を解除する魔法だ。

「あ、ありがとうございます」

「どういたしまして。それで、どうするの？　トール」

「俺に良い考えがある……だが、少しばかり時間がかかりそうだ。エミリア、セフィリス姫、なんとか時間を稼いでくれ」

「時間を？　わかったわ、なんとかやってみる。とはいえ、あんな巨大なお化けみたいなの、とても長い時間は稼げそうにないわよ」

「それは同感です。自信がありません」

「僅かな時間でいい」

　俺は剣聖の職業を返却した後、また新たな職業をセルフ・レンド《自己貸与》する。セルフ・レンド《自己貸与》した職業は『召喚士』だ。杖とローブを装備した魔術師的な職業。大別すれば魔術師系の職業ではあるが、その中でも召喚魔法に特化した職業を『召喚士』というのである。

「なに!?　トール、その職業は」

「召喚士だ。これからこの職業で召喚獣を召喚する。だからなんとか時間を稼いでくれ」

「わ、わかったわ！　やってみる！」

「何をチョロチョロとやっている！　このゴミ虫めがっ！」

邪神は巨大な拳を振り下ろす。

「ホーリーウォール！」

エミリアは聖なる光の壁を展開する。

「ホーリーアロー！」

セフィリスは聖属性の矢を放つ。

「くっ！　ちょこざいなっ！」

俺は二人に時間を稼いでもらっている間、召喚魔法を唱え始めた。あの邪神を倒す為のとっておきの切り札を呼び出すために。

◇

「ぐ、ぐぬっ！　ちょこざいなっ！」

邪神はセフィリスの放つ矢を嫌がった。だが、当然のようにそれで倒しきるわけがない。邪神の脅威はすぐ目の前まで迫ってきている。そしてセフィリスの防御力では一撃で死にかねない。

「も、もう限界です！　トール様！」

セフィリスは叫ぶ。

「OKだ！　エミリア！　セフィリス！　よくやった！」

俺は召喚魔法を唱え終わる。俺の周囲に巨大な魔方陣が張り巡らされた。

「召喚（サモン）」

俺は召喚魔法を発動し、召喚獣を召喚する。

「ホーリードラゴン！」

俺の目の前に現れたのは巨大な白竜だ。聖属性の竜。『ホーリードラゴン』である。邪神のような闇属性のモンスター相手には有効な召喚獣である。

「な、なに⁉　貴様！　何をした！」

「邪神、お前に特別なプレゼントをくれてやる！」

俺は召喚士の職業（ジョブ）を返却した後、また新規に職業をセルフ・レンド《自己貸与》する。

セルフ・レンド《自己貸与》した職業は『竜騎士』の職業だ。竜騎士は竜に乗ることでさらなる真価を発揮する職業だ。俺はホーリードラゴンにまたがる。

「いけ！　ホーリードラゴン！」

ホーリードラゴンは天高く舞い始める。竜騎士の職業の主な特徴は乗っているドラゴンの能力を引き出すことにある。

ドラゴンと一体化することで、より高い戦闘力を発揮することができるのだ。

俺は槍（ランス）を構える。ホーリードラゴンに乗った俺は天空から滑空する。邪神にめがけて。

「エミリア！」

「わかってるわ！　トール！」

エミリアは俺に支援魔法(バフ)をかけた。

「オールステータスバフ！」

俺とそれからホーリードラゴンにステータスアップのバフ魔法がかけられる。俺達は通常では考えられないほど、能力が加算されている状態になった。

その攻撃の速度は音の速度など簡単に抜き去り、まるで閃光(せんこう)のようだった。

「くたばれ！　邪神！　光になれ！」

俺とホーリードラゴンは光のような速度で、邪神に襲い掛かる。

「な、なに!?　ば、バカな！　そんなことが！」

邪神と俺達が接触した瞬間。物凄い衝撃と爆発が起きた。

「ば、バカなああああああああああああああああああああああああああああああ！」

ドオオオオオオオオオオオオオオオオオオオオオオオオオオオオオン！

周囲に物凄い土煙が立つ。

「トール！」

「トール様！」

しばらくして土煙がおさまった時に、あったのは俺とホーリードラゴンの姿だけだった。

「トール、邪神は？」

「倒せたはずだ。もう跡形もないほどに」

「そう……よかったわ」

エミリアとセフィリスは胸を撫でおろす。

「協力してくれてありがとうな。ホーリードラゴン」

俺はホーリードラゴンの労をねぎらう。ホーリードラゴンは鳴いた後、役目を終えたことを察し、霧のように姿を消した。

「ありがとうございます！　トール様！　あなた様のおかげでエルフ国が救われました」

「何を言っているんだ。エミリアとセフィリスの協力があってこそだ。俺一人では邪神は倒せなかった」

「はい……そうかもしれません。ですがそれでも、トール様がいなければエルフ国は滅んでいたでしょう。その事実に間違いはありません」

セフィリスは泣いて喜んでいた。

「さて、帰ろうか。とりあえずはエルフ国に」

「はい！」「うん！」

こうして俺達はエルフ国に凱旋する。だが、その時、あの連中と俺は思いがけない再会を果たすことになるとは。思ってもみなかったのである。

【ラカムSIDE】

「トールさんの行方ですか!?」

ラカム達——自分を勇者だと思っていたパーティーは、アレクサンドリアの冒険者ギルドに来ていた。

「は、はい！　あ、あの荷物持ち(ポーター)の……じゃなかった。トールの居場所を聞きたいんです」

身の程を知って随分(ずいぶん)と大人しくなったラカム達は、受付嬢にトールの居場所を聞く。

「トールさん達なら、エルフ国の近くにある神殿へ向かいましたよ。目覚めた邪神を討伐(とうばつ)するために」

「マ、マジですか!?　あ、あんな奴が邪神を倒しに」

「『あんな奴』!?」

受付嬢は首を傾(かし)げた。

「馬鹿」

メアリーに小突かれる。

「そ、そうなんですか！　あ、ありがとうございます！」

「いえいえ」

ラカム達がエルフ国へ向かおうとした時だった。

「マ、マジかよ！　それ！」

冒険者達が騒ぎ始めた。何かあったとでもいうのか。

「本当なのかよ!?」

「ああ！　本当らしいぜ！　あのトールっていう新参の冒険者がいるパーティーが、復活した

「マジかよ！　ドラゴン退治に続き、本当にすげぇな。本当に新参の冒険者パーティーなのかよ！」

邪神を倒したらしいぜ！」

冒険者ギルドが活気づいていた。

「ほ、本当なのか？　……あのお荷物トールが本当に邪神を倒したのか？　あんな奴が」

ラカムは思わず呟く。今までただの荷物持ちだと思っていたトールがそんな大手柄を立てたのだ。事実だったとしてもとても信じられない。いや、残っている無駄なプライドが邪魔をして信じられなくなっている。

「ん？　なんだとてめぇ！　世界の危機を救った英雄に向かってなんて口を！」

「ふっ。てめぇは、勇者ラカムのパーティーじゃねぇか」

冒険者達はラカム達を鼻で笑い始めた。実情を知らない彼らは、ラカム達を現在でも勇者パーティーだとは思っている。だが、それでも最近のラカム達の低落っぷりは認知していたのだ。有名であったが故に猶更その低落っぷりが目立っている

「どうしたんだ？　今まで飛ぶ鳥を落とす勢いだったのに、最近は随分音沙汰ねぇじゃねぇか」

「くっ！」

「なんか悪いもんでも食ったのか？　それとも今までの勢いが、ただのまぐれ当たりだったのかもしれねぇな」

「ありえるなっ」

「「はっはっはっはっはっはっはっはっは」」

冒険者数名が哄笑し始める。嘲るような笑みは、ラカムの怒りを買うのに十分すぎるものであった。

「て、てめぇ！」

「なんだ？　やるのか？」

「やってやろうじゃねぇか！」

ラカムは食って掛かろうとする。

「ば、馬鹿！　や、やめなさいよ！」

「くっ……」

メアリーに宥められ、ラカムは拳をおさめる。

「へっ。なんだ？　やらねぇのか？　随分と腰抜けになっちまったな、勇者ラカムのパーティーも」

「へへっ。これじゃ勇者じゃなくて、ただのチキン野郎だな」

「くっ！」

「挑発に乗っちゃだめよ……ラカム」

「行くぞ……エルフ国を目指すんだ」

「うん……」

ラカム達は覇気のない足取りで冒険者ギルドを後にした。身の丈を知った今、無茶な喧嘩などできない。ボコボコにされる未来があるだけだ。痛い目を見るだけ損である。

「へっ。とぼとぼと歩きやがって。見る影もねぇな、あいつら」

「あの様子じゃこのまま落ちぶれていくだけだな。くっくっく」

「ちげぇねぇな。くっく」

冒険者達の嘲りを背に、ラカム達は冒険者ギルドを後にした。

「よくぞ戻ってきた！　トール様、エミリア様。そして我が娘セフィリスよ」

俺達がエルフ国に戻った時、国王達が俺達を出迎えた。

「邪神の気配がなくなったと思ったが、やはりトール様がやってくれたのか」

「いいえ。俺の力だけではありません。エミリアと、それからセフィリス姫の力があってこそです」

「謙遜(けんそん)はよい。トール様。貴殿はエルフ国を救った英雄だ。エルフ国を代表して、私から礼の言葉を述べさせてもらう。ありがとう、トール様」

「いえ……そんな」

「エルフ国で貴殿らを持て成そう。宴(うたげ)を開く、是非(ぜひ)参加していってくれ」

「そ、そんな、いいですよ別に」

「もう、トールったら」

「エミリア」

エミリアが俺の腕を取る。

「遠慮のしすぎは相手の気を悪くするわよ。時にはお言葉に甘えるのも必要なことよ」

「それもその通りだな。わかりました、エルフ王。お言葉に甘えさせてもらいます」

「早速宴の準備をしよう。皆の者！　エルフ国が国難から救われたのだ！　盛大に祝うとしよう！」

こうして、エルフ国をあげた盛大なパーティーが開かれることとなった。

そこはエルフ城のパーティー会場であった。食卓には豪勢な料理が並び、そして音楽隊の演奏が奏でられる。

俺はエルフ国からタキシードを貸与された。それに着替え、パーティー会場へ来たのだ。

「み、見てみて！　あれがエルフ国の危機を救ってくださったトール様よ！」

パーティー会場には幾人ものエルフがいた。エルフの少女たちだ。エルフ国の貴族、その娘たちだろう。

「かっこいい！　素敵だわ！　あれでとってもお強いのよね」

「トール様は私達エルフのことをどう思っているのでしょうか？　トール様にとって亜人種であるエルフは恋愛対象に入るのでしょうか？」

各々が好き勝手なことを言い始める。羨望の眼差しで見られるのはいいが、あまりに注目を浴びすぎるのも気恥ずかしかった。

しばらくして白いドレスを着たエミリアが、パーティー会場に到着した。会場がどよめく。そのあまりにも美しい姿に、またもや会場内がどよめく。

「どう？　トール？　可愛い？」

エミリアが顔を赤くしながら俺に聞いてくる。

「ああ。可愛いよ。まるでお姫様みたいだ」

「もう！　トールったら。私、本物のお姫様よ！」

そして、最後にもう一人。緑色のドレスを着たセフィリスが会場に入ってきた。美しい金髪をした、絶世の美少女であるセフィリスがめかし込んできたということもあり、会場内はまたもやどよめくこととなる。

「トール様……」

「セフィリス姫」

「トール様は我がエルフ国を救った英雄です。誠にありがとうございます」

「何を言っているんだ。セフィリス姫の協力があってこそだよ」

「いえ……ですがこの力もトール様が与えてくださった力です。ですので全てはトール様のおかげなのです。トール様には大変感謝しております。是非お礼をさせてください」

「お礼って……どんな？」

「私にできることなら、なんなりとお申し付けください」

「な、なんなりとって」

俺は思わず、動揺してしまう。

「トール！　Hなこと考えてたでしょ！」

「か、考えてねーよ！」

「嘘！　今、顔にやけてた！　やらしいんだからっ！」

「に、にやけてない！　断じて」

「くすす……」

セフィリスは笑い出した。

「笑われてるぞ！　エミリア！」

「トールが笑われてるのよ！」

「二人ともだと思うが……」

俺はため息を吐く。

しばらくして、エルフ王がステージに立つ。

「皆の者、よくぞ集まってくれた。人間の英雄トール様とエミリア様の活躍もあり、邪神の危機は去った。今日は存分に食べて飲んで語らってほしい。それでは杯を持ってくれ、乾杯といこうじゃないか」

エルフ王は杯を持った。俺達も杯を持つ。

「「「乾杯！」」」

こうして杯が鳴らされ、邪神の討伐を祝ったパーティーが開かれたのである。

パーティーが始まった。流れるような音楽と共にパーティーが行われる。

「改めてトール君……君のおかげで我がエルフ国。いや、世界が邪神の危機から救われた。本当にありがとう」

エルフ王が俺に礼を言ってくる。

「お父様、お願いがあるのです」

セフィリスはエルフ王に頼み始めた。

「お願い？　お願いとはなんだ？　申してみよ」

「私をトール様との旅に同行させてほしいのです」

セフィリスは自分の胸のうちを語り始める。

「なぜじゃ？　セフィリス。そなたはエルフ国の王女だ。なぜ自らそんな危険な真似(まね)を」

エルフ王は驚いていた。あまりに予想外の娘の言葉に。

「エルフ国の危機は過ぎ去りました。ですが、魔王軍による危機は依然として残ってます。根本的な平和はこの世界には訪れていないのです。世界は依然として混乱と危険に満ち溢れているのです。この状況をとても平和とはいえません」

「セフィリス」

「以前の私は鳥籠の中の鳥でした。そのため広い世界を知りませんでした。ですが知ってしまった。今の私はもう自分達の国だけが平和になれば、危機が去ればいいとはとても思えないのです。トール様」

セフィリスは情熱的に俺に語り掛けてきた。

「トール様さえよろしければ、どうか私をパーティーに加えてくれないでしょうか？　未熟であることは承知しております。ですが私はもっと強くなります。精進してもっと強く。きっとお役に立てるようになります」

「どうするの？　トール」

エミリアが聞いてくる。

「絶対の安全は保証できません。できる限りないようにはしますが、パーティーに加わった以上は戦力として扱います。セフィリス姫をエルフ国にいる時のように、お姫様のようには扱えません。それでもよろしいでしょうか？　エルフ王」

「うむ……。娘がこうまで強く主張するのは初めてだ。可愛い子には旅をさせよという。娘の身を案じることだけが娘の幸せにはならないのかもしれない。エルフ国の危機だけではなく、世界の危機を救いたいというセフィリスの意志を尊重しよう。よいだろう、セフィリス。トール様に同行するがいい」

「ありがとうございます。お父様。よろしくお願いします、トール様」

「わかった。よろしく頼むな。セフィリス」

もう俺はセフィリスを姫呼ばわりなんてしない。なんてたって、こいつはもう俺達パーティーの一員だ。仲間だからな。

「俺はもうセフィリスを『姫』とは呼ばない。だから、そのトール『様』って呼び方はやめないか？　俺達はもう仲間だ。パーティーメンバーなんだ」

「はい。では、トールさんとお呼びできれば」

「わかった。呼び捨てが無理ならそれでいい」

こうして、俺達のパーティーメンバーにエルフ国の王女にして『弓聖』セフィリスが加わった。

パーティーが終わった翌朝のこと。俺達はとりあえずはアレクサンドリアの冒険者ギルドを目指すことになる。まだ邪神を討伐したことの報告に行っていないからだ。

しかしその帰り道で、俺は連中と思わぬ再会を果たすのである。

◇

「ん？」

それはエルフの森を抜けて、王国アレクサンドリアに出向こうとした道中のことだった。

「「「うわあああああああああああああああああああ！　逃げろおおおおおおおおおおおおおおおおおおおおおおお！」」」

聞きなれた声がする。

「あれは……」

「ラカム達じゃない！」

「ラカム達？　お知り合いなのですか？」

事情を知らないセフィリスは首を傾げる。

「まあな。ただあまり再会して嬉しい知り合いではないな」

見ると森の主であるビッグ・ウルフに襲われているようだ。ビッグ・ウルフは巨大な狼型のモンスターだ。

ラカム達を餌だと思って追いかけているようだ。

「か、可哀そうよ！　トール！　流石に助けてやりましょう」

「わかった。俺もそう思う。セルフ・レンド《自己貸与》、剣聖」

俺は自身に剣聖の職業を貸与する。

「はあああああああああああああああああああああああああ！」

そしてビッグ・ウルフを斬り伏せた。

「キャウウウウウウウウウウウウウウウウウウウウウウウン！」

ビッグ・ウルフは断末魔の叫びをあげた。

「はぁ……はぁ……助かったか。ありがとうございます！　って、てめぇはトール！」

ラカムは叫ぶ。

「ちょ、ちょっと！　なんなのよ、その口ぶりは！　助けてあげたのはトールじゃない！」

エミリアは叫ぶ。

「エ、エミリア王女まで……へへっ。ご機嫌うるわしゅうございます」

随分と態度が違うな。まあいい。

「それでなんなんだ？　お前達。俺に何か用なのか？」

「いい！　ラカム！　堪えて下手に出るのよ！」

「わ、わかってるよ！　わかってる！　もう荷物持ちだなんだって馬鹿になんてしねぇよ！

こほん！」

ラカムは咳払いをした。そしてもみ手をして、下心見え見えの笑みを浮かべ、こちらに近づいてくる。

「トールの旦那……へへっ。お久しぶりでした。肩でも凝ってませんか？　よろしければマッサージでもどうでしょうか？」

「い、いや。別にいい」

「ほら！　ルード！　グラン！　揉んでやれ！」

「「はい！」」

ルードとグランが俺の身体を揉み始めた。肩を揉んでくる。

「へへっ。トールの旦那、随分凝ってますぜ」

「ええ。どうか僕にほぐさせてください」

本来気持ちいいはずなのだが、こいつらにされるとただただ気色悪い。

「な、なんのつもりだ？」

「……ほら。メアリー」

「わ、わかってるわよ！　えいっ！」

「う、うわっ！　何するんだよお前！」

メアリーは割と露出している胸で俺の顔を挟んだ。

そしてぱふぱふをしてきた。ぱふぱふ、ぱふぱふ。

「あっ！　トール！　何喜んでるのよ！」

「トールさん……そういうのが好きなのですね」

エミリアとセフィリスが騒ぎ立てる。

「す、好きじゃない！　これはこいつらが勝手にやってきたことで！」

「ふう……これでトールのご機嫌取りは完璧だぜ！」

ラカムはドヤ顔をした。どこが完璧なのか、聞いてやりたいところだ。

「一体何のつもりだ？　ラカム、メアリー、ルード、グラン」

「じ、実はですね。トールの旦那にお願いがありまして」

「お願い？」

「ええ。気づいたんですよ。トールの旦那が言っていたことが本当だったんだって最近。それでですね、トールの旦那。どうか、俺達のパーティーに戻ってきてください！　それでまた職業を貸してほしいんです！　お願いします！」

「「「お願いします！」」」

ラカム達が泣きついてきた。

「なっ⁉」

「な、なに言っているのよ！　あんたら！　図々しいにも程があるわよ！　だってトールを追い出したのはあんたたちじゃないの！」

エミリアは憤る。

「そ、そこはわかってますぜ。エミリア王女。だから、そこをなんとか。また職業をお貸し頂きたいなと。もうトールの旦那には酷い扱いもしません。酷いことも言いません」

「そ、そうよ！　ま、また私もぱふぱふしてあげるし！」

「俺もマッサージさせてもらいます！」

「僕もです！」

「だからどうか俺達に」

「「「また職業を貸してください！」」」

ラカム達は土下座(どげざ)で俺に頼んできた。全く、こいつらにはプライドがないのか。俺はため息を吐く。

「用件はわかった。自分達の身の丈を知って俺に戻ってきてほしいってことだな」

「え、ええ！　その通りです！　トールの旦那」

「だが、俺はもう既にこう、エミリアとそれからエルフ国の王女セフィリスとパーティーを組んでしまっている。もう元には戻れない」

「そ、そんな！　トールの旦那！　そこをなんとか！」

「無理なものは無理だ。諦めてくれ」

俺は告げる。

「行くぞ。エミリア、セフィリス」

「く、くそっ！　俺達はこれからどうやって生きればいいんだ！　うわああああああああああああああん！」

ラカムは泣き始めた。

「お、落ち着きなさいよ。ラカム」

「ええ……僕達もまた身の丈に合った生き方を考えましょう」

「うむ……そうだな。俺の本来の天職は農民だ。鍬を振るう生き方っていうのも悪くないかもしれない」

「何諦めてんだ！　お前ら！　……あんなに注目浴びて良い生活ができてたのに、今更村人として、平凡な生活をしろっていうのかよ！　ええっ!?」

「仕方ないいじゃない。私も遊び人として遊んで暮らすわよ」

「それでいいのかよ！　お前ら！」

嘆いているラカム達を後目に、俺達は本来の目的地、アレクサンドリアの冒険者ギルドへ向かった。

「……来たぜ」

「ああ。英雄トールの冒険者パーティーが」

アレクサンドリアの冒険者ギルドに入った時、冒険者達がざわついていたのを感じた。

「トールさん……」

「どうしたんですか？　受付嬢さん」

受付嬢さんが不安げな顔で俺達を出迎えていたのだ。

「本当ですか？　トールさんは本当に邪神を倒したのですか？」

「そうよ！　トールは邪神を倒したのよ！」

　エミリアが答える。

「ええ……まあ。エミリアのいう通りです」

「本当なんですね！　すごいですっ！　トールさん！　あなたのおかげで我が王国、それにエルフ国まで、いえ、全世界が救われました！」

　受付嬢は俺に抱き着いてくる。腕に柔らかい感触が走った。

「ちょ、ちょっと！　トール！　にやにやしないでよっ！」

　エミリアが怒鳴る。

「に、にやにやなんてしてないって！　お、大袈裟（おおげさ）ですよ。受付嬢さん」

「大袈裟ではありませんわ！　トールさん。あなたはそれだけのことをしたんです」

　受付嬢は感涙すらし始めていた。瞳に涙を浮かべる。

「ギルドマスターから、報酬（ほうしゅう）とランクアップの授与があります。後でギルドマスターのところへ行ってください」

　俺達はそう言われる。

「ええ。わかりました」

　俺達はギルドマスターのいる、マスタールームへ向かうのであった。

◇

「よくぞ来たな……英雄トール君。まさか本当に邪神を倒すとは思ってもみなかったよ」

　ギルドマスターが俺達を出迎えた
「全く、君は何者だ？　まさか本当に世界を救う英雄だとでもいうんじゃないだろうな？」

「何者でもありませんよ。俺は俺です。それだけです。それに未来のことなんて誰にもわかりません」

　そう、俺がこれから何を成すのか。俺自身がわかっていなかった。俺は勇者なんかではないのだから。

「そうだな。それではこれよりクエストをクリアした報酬を支払おう」

　俺はずっしりとした小包を貰う。

「やったわね！　トール。お金がいっぱいね！」

「そうだな。セフィリスも仲間になったし、後で装備を新調でもしようか」

　前々から貰った金もあるし、相当に良い装備が新調できそうだ。

「うん！　そうねっ！」

「ありがとうございます！　トールさん」

「何を言っているんだ。邪神は皆で倒したんだろ」

「次にランクアップだ。これで君達はAランクの冒険者パーティーだ」

俺達はオリハルコンの冒険者プレートを貰う。これより上はアダマンタイトしかない。

「ありがとうございます！」

「……これで基本的にはあらゆる冒険者クエストを受注することができるが、上にはまだSランクが存在する。Sランクの冒険者パーティーを目指してますます精進してほしい」

「「はい！」」

「それでは君達の益々の活躍を楽しみにしているよ。健闘を祈る」

ギルドマスターは微笑んでいた。

◇

俺達は冒険者ギルドを出た。

「これから装備を買いに行くのね？」

「ああ。そうしようか。金も入ったことだし」

「やった――――！」

「念の為、消耗品やアクセサリーも買っていくか」

俺達はまず装備屋を目指した。装備は当然良いものにした方がいい。だが、俺達はまだその装備がすぐに役立つような機会が訪れるとは思ってもいなかったのである。

【ラカムSIDE】

「く、くそっ！　これからどうすりゃいいんだよ！　俺達！」

「落ち着いて、落ち着いてよ、ラカム」

　ラカムは取り乱していた。

「これから俺は村で村人をやれっていうのかよ！　村人として、栄光や栄誉とは一切関係のない、平凡で地味な生活を送れっていうのかよ！」

「仕方がないじゃないの……それが私達に与えられた本当の天職なんだから！」

「仕方がないんだ。俺はこれから農民として、畑で鍬を振るう人生を送るよ。そんな人生も悪くないんだ。皆、作物が育ったら、俺が作った野菜でも食べてくれよ。新鮮でうまいと思うからさ」

「ルードはまだいいですよ……僕はなんなんですか。無職って。でも仕方がありません。これから僕は実家に帰って、せいぜい脛を齧る生活を送りますよ。そういう天職なんですから」

「あなた達はまだいいわよ。遊び人ってなんなのよ。なんかむしゃくしゃしてきたわ！　もうこう！　カジノで一発大勝負してやりたい気分！　あんたたち！　お金だしさないよ！」

　自らの天職を自覚したメアリーは金遣いが荒くなってきた。おまけにギャンブル癖まであるようだ。これは手をつけられない。

辛うじて他の三人がちょっとプラスかゼロ程度の職業であるのに対して、メアリーは浪費する分マイナスなイメージの職業である。

「ひ、ひいっ！　やめてくださいよ！　国王からの罰金で大分お金が減ってるんですよ！　今更そんな無駄遣いできませんよ！」

「これから俺は農地を買って耕す予定なんだ。勘弁してくれよ」

「ふざけんなよ！　それでいいのかよ！　俺達、あんなに夢みてたじゃねぇかよ！　あんなに希望持ってたじゃねぇかよ！　勇者パーティーとして魔王を倒すって豪語してたじゃねぇかよ！」

「仕方ないじゃない、ラカム。あんたももう現実見た方がいいわよ」

メアリーは冷めた目で告げる。

「だって、あんた勇者じゃなくて村人じゃない」

「俺が、勇者じゃなくて村人……」

目を背けたい現実を、メアリーに突きつけられてしまう。

「うわあああああああああああああああああああああああああああ！」

ラカムは突如泣き始めた。まるで子供が駄々を捏ねるように。現実を認められていない様子であった。

「もう……泣いても仕方ないじゃないの」

その時であった。四人の目の前に謎の少年が姿を現す。銀髪をした美しい少年。

「どうやら困っているようだね。勇者ラカムのパーティー……いや、今は村人ラカムのパーティーだったか」

美しい少年ではあるが、謎な気配を感じさせる、不気味な少年でもあった。普通の人間ではない、と直感的にラカム達は感じ取っていた。どこか謎めいたオーラを彼は放っていたのである。神秘的な少年であった。

「だ、誰だお前は……それに、なんでそのことを？」

「僕の名はルシファー。魔王軍の四天王の一人。僕は人間ではない。魔族なんだよ」

「な、なんだと！　魔王軍の四天王だって！　く、くそっ！　勇者である俺達の敵じゃねぇか！」

「落ち着いた方が良いよ。ラカム。君は勇者ではない。ただの村人なんだ」

「そ、そうだった。俺はただの村人だったんだ。だからもう、勇者としての使命なんてない……魔王軍を倒す使命なんてもう」

ラカムは項垂れる。

「君達に力を授けようじゃないか。君達は気持ちよかっただろう？　借り物の力とはいえ、絶大な力を行使するというのは。弱者をねじ伏せる時、そして周囲から羨望の眼差しを受ける時、大層気分がよかっただろう？」

魔王軍の四天王の一人。ルシファーはその美しい顔立ちを醜悪な笑みで歪める。

「そして力を失った時、どうしようもない絶望感を味わっただろう。そして、君達は力を渇望したただろう。力がない自分達は惨めだっただろう？　力が欲しくなったはずだ。だから僕は君達に力を授けよう。前と同じ力。いや、前以上の力を」

「ち、力をくれるっていうのか？」

ラカムの心がぶれた。

「ば、馬鹿！　あれはよくないものよ！　悪魔の取引よ！　絶対によくないことが起こる！　なんの代償もなく、魔王軍の四天王がそんなこと言ってくるはずないじゃない！」

「正解だ……だけどラカム。代償の結果、君は力を得る。あのトールとかいう少年が妬ましかったんだろう？　彼は君から勇者という職業を奪い取り、その上で君が欲しかったものを全て掻っ攫っていったんだ。周囲からの羨望も期待もなにもかも、今は彼が手にしているんだよ。君じゃなくね。くっくっく」

ルシファーは笑う。

「そうだ。トールの奴だ。あいつが全部悪いんだ。なんであいつが俺の欲しいものを全部手に入れてるんだ。王女様からは好かれて、皆からは英雄扱いされてちやほやされて。許せねぇ。絶対許せねぇ」

「そうだろう。そうだろう。だから僕が君に力を授けてやろうって言っているんだよ」

ルシファーは暗黒のエネルギー体をその手に宿らせる。

「力を望むだろう？　ラカム。君に勇者であった時以上の力を与えてあげるよ。くっくっく」

「力！　欲しい！　力が欲しい！　その力であのトールの鼻っ柱を折ってやる！　それで周囲

の羨望は全部俺のもんだ！　俺は勇者だ！　村人なんかじゃない！　勇者なんだ！」

結局ラカムは、『自分が勇者である』という唯一にして最大のアイデンティティーに縋（すが）ったのだ。

「馬鹿！」

「ひ、ひいっ！」

「や、やめろっ！　俺達に何をするつもりだ！」

「それじゃあ、授けようか。君達に力を」

ルシファーは、暗黒のエネルギー体をラカム達に植え付ける。

「「うわあああああああああああああああああああああああああああ！」」

「きゃあああああああああああああああああああああああああああああ！」

「最初は苦しいかもしれないけど、すぐに気持ちよくなるよ。あまりに凄（すさ）まじい力に気持ちよくなりすぎて昇天してしまうかも。くっくっく！　あっはっはっはっはっはっはっは！」

ルシファーの哄笑（こうしょう）が響き渡る。こうしてラカム達は生まれ変わった。

トールからチート職業を貸与してもらっていた、その時以上の力を得て。

「へい！　らっしゃい！　アレクサンドリアの装備屋へようこそ！」

　アレクサンドリアの装備屋の店主は俺達を出迎えた。

「おおっ！　べっぴんさんだな！　兄ちゃん！　隣の子はエミリア王女にそっくりだし、隣の子もエルフ国の王女様みたいじゃねぇか！　羨ましい限りだぜ」

　俺は微笑を浮かべる。

「はは……」

　まさか本人だなんて思うわけもない。なぜそんな身分の高い女性が冒険者なんて危険が伴う稼業をするのか。理解できるわけがないだろう。

「それで兄ちゃん達、何をご所望だい？」

「二人の装備を見たいんです」

「装備か。防具ってことだよな。防具のエリアはあっちだから気に入ったのがあったら試着室で装備してみてくれ！」

「ありがとうございます」

こうして俺達は色々と装備を見て回ることになった。

「ねー！　トール！　見てみて！」

「ん？」

エミリアとセフィリスは同じ試着室に入っていた。

「じゃーん！」

そういって試着室のカーテンが開かれる。そこにあったのは、えらく露出度の高い、水着のような防具を身に着けた二人の姿があった。

「お、お前！　なんだその装備は！」

俺は驚いてしまった。あまりのその露出度の高さに。エミリアは平然としていたが、セフィリスは恥ずかしそうに顔を真っ赤にしていた。

「なにって、ビキニアーマーよ！」

「ビキニアーマーって！　ネタ装備にも程があるだろうが！」

「何言ってるのよ！　動きやすいじゃない！」

そう言って胸を張るエミリア。確かに動きやすいかもしれない。だが、防具とは本来防御力に重きを置くものである。

「動きやすいだけならビキニアーマーじゃなくてもいいだろ！　鎧じゃなくてもいい！　布の服で十分だ！」

「え――――――――――――――――！」

エミリアは不満げであった。

ビキニアーマーには動きやすい。敏捷性という利点以外にもうひとつメリットがあった。それはファッション性である。露出が高い分、周囲の男の視線を独占できるのだ。

「やめとけ！　エミリア！　頼むからそれだけは！　もっと真面目に選んでくれ！　そんな装備する奴ただの変態だぞ！　変態だ！」

「だ、誰が変態よ！」

「トールさんに見せるだけならともかく、こんな格好で街を出歩くのは恥ずかしいです」

セフィリスは赤い顔をして訴えかける。

「ほら、セフィリスも困ってるだろ。普通に選べ。普通に防御力のある。普通に動きやすい、普通の装備だ」

「はーい！」

エミリアとセフィリスは再び試着室に戻った。

結局エミリアは聖女用の法衣。動きやすい布製の装備ではあるが、魔術強化が施されており、見た目より防御力が高い。

セフィリスも弓聖用の装備。こっちもライトアーマーを購入することになった。一応は鎧ではあるが、それなりに動きやすい装備だ。

「まいど！　兄ちゃん！　またよろしくな！」

こうして装備を新調した俺達であった。

◇

「これからどうするの？　トール」

「とりあえずは冒険者ギルドに戻ろうか。新しい装備を試してみたい。そうだな。Aランクの冒険者パーティーに昇格したことだし、適当にクエストを受注してみようか」

「はーい！」

「わかりました」

こうして、俺達は再び冒険者ギルドに戻るのであった。しかし、冒険者ギルドに戻った時、俺達は予想もしていない噂話を聞くことになるのであった。

そう、勇者ラカム達に関する新しい噂話である。

【ラカムSIDE】

目の前にいたのはSランクの危険モンスターとして知られるベヒーモスであった。

「ウオオオオオオオオオオオオオオオオオオオオオオオオオオオオオオオオオ！」

ベヒーモスは唸り声をあげる。地響きがした。その凄まじい威圧感はSランクの冒険者パーティーといえども圧倒されてしまうほどだ。決して侮ってかかることはできない強敵である。

「へっ……雑魚モンスターが。大勇者であるラカム様の目の前で、キャンキャンと吠えるんじゃねぇよ。くっくっく」

しかし、ラカムは余裕の笑みを浮かべる。かつてのような、笑みではない。心底から自分の実力に自信を持った、そんな余裕のある笑みであった。

「全くだ。俺の聖剣でベヒーモスなど、一刀両断してやる。聖騎士である、俺の実力からすれば、奴など子犬も同然だ」

ルードは自信満々で言い放つ。

「ぷふふっ！　あんなベヒーモスなんてー、私の大魔法でイチコロなのよねー。ぷっふっふ！」

メアリーも余裕の笑みを浮かべる。

「皆さん！　気を付けてください！　皆さんの実力ならかすり傷ひとつ負わないでしょうが、もしなにかあったとしてもすぐに僕の回復魔法で回復させてあげますから！　心配は無用ですよ！　くっくっく！」

　グランも余裕の笑みを浮かべる
「さあ！　いくぜ！　野郎ども！」

「「おお！」」「はーい！」

　ベヒーモスは強烈な拳を地面にたたきつける。地面に大きなクレーターができた。

「グオオオオオオオオオオオオオオオオオオオオオオオオオオオオオオオオ！」

　ラカム達はベヒーモスに立ち向かった。

「へっ！　遅すぎるぜ！」

　ラカム達は余裕でその攻撃を避けた。

「へっ！　食らいやがれ！　真勇者アタアアアアアアアアアアアアアアアアアアアアアアアアアアアック！」

　以前、村人であるラカムが放っていた攻撃とは異なる。本物の勇者だといわれても納得できるだけの、強烈な一撃をラカムは放った。

「ギャオオオオオオオオオオオオオオオオオオオオオオオオオオオオオオオオオン！」

　ベヒーモスはその右腕をラカムに斬られた。ベヒーモスの右腕が地面に転がる。

「ふっ！　流石やるな！　勇者ラカムだけある」

「へっ！　違うぜ！　ルード！　俺様は大勇者ラカム様だ！」

「俺も負けていられないなっ！　食らえ！　聖騎士としての聖なる一撃を！　ホーリーストラッシュ！」

ルードは聖剣エクスカリバーによる強烈な一撃を放つ。光のような一撃が走る。

「ギャオオオオオオオオオオオオオオオオオオオオオオオオオオオオン！」

ベヒーモスの左腕が切断された。

「ふふっ！　見せてあげるんだからっ！　大魔法使いメアリーの大魔法を。ベヒーモスなんて、私の大魔法で一撃なんだから！　ぷっふっふっ！」

メアリーはかつて大魔法使いとして鳴らしていた時以上の、強烈な魔法を発動させる。

「くらいなさい！　ベヒーモス！　私の大魔法を！」

メアリーの全身から溢れんばかりの魔力が迸る。

「フロストノヴァ！」

絶対零度の一撃がベヒーモスを襲う。

「ウオオオオオオオオオオオオオオオオオオオオオオオオオオオオオオオオン！」

断末魔のような悲鳴をベヒーモスはあげた。ベヒーモスは一瞬にして氷漬けになる。

「全く、皆さんが強すぎて、僕の出番が何もなかったですよ」

大僧侶であるグランはため息を吐いた。

「言うなっての……皆怪我なくて無事で何よりじゃねぇか」

「それも確かですね」

四人は笑みを浮かべる。ラカム達はかつての力を取り戻した。いや、かつて以上の力を取り戻したのである。

四人の前に魔王軍四天王の一角。ルシファーが姿を現す。

「これはルシファー様。ありがとうございます！　ルシファー様の授けてくれた力で俺達はかつての力、いえ！　かつて以上の力を手に入れることができました！」

「そうか……それは何よりだ。ところで君たちにお願いがあるんだ」

「お願いですか？」

「危険な力を持った少年がいる。あの邪神を倒した少年。きっとあいつは魔王様の大きな障害となるだろう。君たちの力であの少年を倒してほしいんだ。君たちもよく知っているだろう？　なにせ一時期は一緒にパーティーとして行動をしていたんだから」

「トールのことですか？」

「そうそう。あのトールっていう、ジョブ・レンダー《職業貸与者》だ。あいつさえ処分できれば、他の二人は腰巾着みたいなものだ。能力をお下がりしてもらっているに過ぎない。彼がパーティーの頭なんだよ。頭をかち割ってやれば、それ以上は何もできないだろ？　くっくっく」

ルシファーは笑う。

「ルシファー様にお願いされなくても、あのトールには恨みがあるんですよ！　俺達から職業(ジョブ)を取り上げやがって！　あいつのせいで俺達がどれだけ苦労したことか！　一発痛いのくれてやらないと、俺達の気が収まらないんですよ！」

「順調そうだね……何よりだ」

自分達の非など一切認めず、ラカム達はトールに責任を擦り付けていた。

「そうよ！　そうよ！」

「そうだ！　トールのせいだ！」

「そうですよ！　トールが全部悪いんです！」

「そうか、そうか。利害が一致しているようで僕は嬉しいよ。それじゃあ、ラカム達、健闘を祈るよ。僕はどこか遠くでその様子を見させてもらうことにしよう」

こうしてかつて以上の力を得たラカム達が、ジョブ・レンダー《職業貸与者》トールたちのパーティーに立ちはだかるのであった。

◇

装備を新調した俺達は、冒険者ギルドに戻った。

「すげ――――――――――！　マジかよ！」

「あのラカム達がSランクの危険モンスターであるベヒーモスを倒したっていうのかよ！」

「今までの不調はどこにいったんだ！」

「勇者ラカムのパーティー、完全復活だな！」

冒険者ギルドはわいていた。

「完全復活した勇者ラカムのパーティー対するは新参のトール率いるパーティー。こいつは見ものだよな。どっちが手柄を多くあげられるのか！」

冒険者達の雑談が耳に入ってくる。

「どういうこと？　トール？　ラカム達はトールが職業（ジョブ）を返してもらったから、弱くなったんだよね？」

エミリアが聞いてくる。

「ああ。その通りだ」

「あの時の四人方ですか？」

セフィリスが聞いてくる。あいつらが泣きついてきた時、セフィリスも既にパーティーに加わっていたのだ。

「ああ。あいつらがラカムのパーティーだ」

ラカム。自分を勇者だと思っている村人だ。

「おかしい。あいつは勇者なんかじゃない。村人だ。他の三人だって」

「そうよね。トールが職業を貸してたから強かったってだけで、本来のあいつらはよわっちいはずなのに」

俺もエミリアも不思議でしょうがなかった。

「どういうことなの？　トール」

「俺もわからない。ただ何かがあったのだけは間違いない。あいつらが本来の調子を取り戻したなんてことはない。あいつらは本来あんな調子だ。だからありうるとしたら、そうだな。俺以外の誰かから、力を授かった、これしかないだろう」

「授かった？　誰から」

「それは俺もわからない。ただ、なんとなく嫌な予感がするんだ。ラカム達の問題は気になる。気にはなるが、良からぬ者から力を授かったとは断言できないし、まだ不祥事を起こしたわけでもない。ベヒーモスは危険な存在だ。討伐すべきモンスターだ。実害が出ているわけじゃないんだ」

「そうね。その通りね」

釈然としない俺達ではあったが、まだラカム達をどうこうしようとは思わなかった。

「いらっしゃいませ。アレクサンドリアの冒険者ギルドへようこそ。トールさんじゃないですか！　聞きました？　トールさん！」

「ラカム達のことですか？」

「そうなんです！　ここのところ不調だった勇者ラカムのパーティーが調子を取り戻したそうなんですよ！　これはトールさんのパーティーのいいライバルになりますね！　二つのパーティーで切磋琢磨してお互いを高めあってくださいね！」

ライバルか……。とてもそんな関係になるとは思えない。なんとなく不吉な気配を感じていた。

「ええ……わかりました」

「それでトールさん、どうなされるんですか？」

「Sランクへの昇格クエストを受注したいです」

「Sランクへの昇格クエスト……これですね。火山地帯アウレア火山に生息する炎の精霊王イフリートの討伐クエストです。こちらになさいますか？」

「そのクエストでお願いします」

「はい！　ではこちらのクエストを受注するということで進めさせていただきますね！」

こうして俺達はSランクへの昇格クエストをこなす為、火山地帯へと向かった。

しかし俺達はそこで連中との再会を果たすこととなる。調子を取り戻した、と噂される勇者ラカムのパーティーとだ。

ただ俺は、俺達だけはラカムが勇者などではなくただの村人であることを知っていた。

だからおかしいのだ。奴らに取り戻す調子などないことを知っているから。違和感しか覚えなかった。

俺達はアウレア火山に来ていた。やはり火山だ。当然のようにとても暑かった。
「……ふうぅ……暑いわねトール」
「ああっ……って」
「なに？　トール？」

エミリアは胸元をわざと大きく開き、手で扇（あお）いだ。

「う、うわっ！　エミリア！」

「どうしたのよ？　トール。そんなに慌てて」

当然のようにそんなことをすれば、胸の大まかな形が見え、先端まで見えてしまいそうになる。

「む、胸っ！　胸っ！」

「ん？　胸？　そんなこと気にしてたの？　気にしなくていいのに。だって私達幼馴染（おさななじみ）なんだから」

エミリアは笑う。「幼馴染」この一言だけで全て流されてしまうのもいかがなものかとは思った。

「はぁ……」

俺は溜息を吐く。もうどうしようもない。

「だって仕方ないじゃない。暑いんだから！　もう暑いんだから仕方ないの！」

「確かに暑いですね」

セフィリスはライトアーマーを身に着けている為、エミリアのようにだらしなく、はしたない真似（まね）はできないが、暑そうである。

「それもそうだな」

俺はジョブ・レンダー《職業貸与者》として、職業（ジョブ）をセルフ・レンド《自己貸与》する。自身に『錬金術師（アルケミスト）』の職業を貸与した。

「何なの？　トール、その職業は？」

「錬金術師（アルケミスト）だ」

「「錬金術師（アルケミスト）!?」」

「そうだ。要するに色々と便利なアイテムを作れる職業だな。錬金術っていうんだ」

俺は錬金術師（アルケミスト）としてのスキルを発動させる。

高速でアイテムを作り出す。

「できた」

俺は三つ分の飲み物を作り出す。

「トール？　なんなのその飲み物？　涼しくなりそうな、おいしそうな飲み物ね」

「こいつはクーラードリンクだ」

「「クーラードリンク!?」」

「ああ。要するに暑さを感じなくさせる飲み物だ。この飲み物を飲むと一定時間暑さを感じなくなる。大体三時間ほどだから、イフリートを倒して火山を降りるくらいの時間は大丈夫だ。まあ、足りなくなったらまた作ってやるよ」

俺はエミリアとセフィリスに一つずつ手渡す。

「ありがとう！　トール！」

「ありがとうございます！　トールさん！」

二人は受け取り、クーラードリンクをごくごくと飲み始めた。

ごくごく、俺も飲む。俺だって一応暑かったのだ。我慢していたというだけで。

「わー！　トール！　暑くなくなった！　涼しくなった！」

「確かに、涼しくなりました」

「これがクーラードリンクの効果だ」

「ありがとう！　トール！」

エミリアが抱き着いてくる。

「わっ！　馬鹿！　やめろっ！　せっかく涼しくなったのに暑くなるだろうがっ！」

俺はエミリアを引きはがす。

「それじゃあ、火山の頂上を目指すか。炎の精霊王であるイフリートはそこに生息しているらしい」

「はーい！」「はい。わかりました。トールさん」

俺達は火山の頂上を目指す。その時、俺はなんとなく誰かの視線に気づいていた。この視線、モンスターのものではない。人間のものだ。

俺は今のところは敵意を感じないその視線を無視し、頂上を目指して歩き始めた。

火山の頂上付近に俺達は近づいてきた。

「暑いわね、トール。あのジュース飲んでるのに」

クーラードリンクを飲んでいても限界というものが存在する。限界を超えればやはり暑くなるのだ。炎耐性が身に付くだけで、炎に対する完全耐性とまではいかない。そんな感じである。

「これはもう我慢してくれとしか言えない……それより、そろそろ出てくるみたいだぞ」

「出る？」

火山の頂点にはマグマが噴き出していた。

「勿論、俺達の討伐対象モンスターだ」

突如、マグマが盛大に噴出された。

「「きゃっ！」」

エミリアとセフィリスが短い悲鳴をあげる。

そこに現れたのは全身に炎を纏った大男である。あれが炎の精霊王イフリートである。

「我の名は炎の精霊王イフリートである！　汝ら愚かな人間よ！　我に挑みに来たのか！」

「挑みに来たんじゃないわよ！　私達はあなたをぶっ倒しに来たのよ！」

エミリアは叫ぶ。

「エミリア、ぶっ倒すって、女の子なんだから。上品な言い方じゃないだろ」

「いいじゃない。もう私は王女じゃなくて冒険者なんだし」

冒険者ではあるが、それ以前に女の子ではあるだろう。まあいい。今はそんなことを気にかけている余裕はない。

「ぶっはっはっは！　威勢の良い小僧と娘っ子だ！　我に挑むどころか倒すだと！　面白い！　その心意気やよし！」

　イフリートは高笑いをした。突如、火山のマグマが噴き出す。いくつもの火柱を作り出した。偶然ではない。完全にイフリートによりコントロールされているのだ。

「命を賭してかかってくるがよい！　この炎の精霊王イフリートに！」

「トール！　セフィリス！」

　エミリアは聖女としての力を発揮する。

「オールステータスバフ！」

　エミリアはパーティー全体に良く通る、バフ魔法を唱えた。

　俺とセフィリス、そしてエミリア自身の全ステータスが向上した。俺の力も漲り、そして身体も軽くなった気がした。

「ありがとう、エミリア」

「ありがとうございます、エミリアさん」

「どういたしまして。だって、私達、パーティーじゃないの。当然のことよ」

「なんの小細工をやっている！　食らえ！　地獄の火炎を食らうがよい！」

　イフリートの放つ炎が、俺達に襲い掛かる。

「ホーリーウォール！」

エミリアは聖なる結界を発動させた。結界が俺達の盾となり、紅蓮（ぐれん）の炎からその身を守る。

「ぬっ、ぬうっ！　ちょこざいなっ！」

「アクアアローー！」

弓聖の職業（ジョブ）を貸与されているセフィリスは、弱点とされる水属性の矢で攻撃した。

「くっ！　邪魔くさい！　この小蝿（こばえ）めっ！」

一発一発のダメージは小さくても、弱点属性故にダメージはそれなりであった。決して無視できないダメージ量な様子だ。

「セフィリス！　もっと弦（つる）を引っ張れ！」

「はい！　トールさん！」

アルテミスの弓の効果だ。アルテミスの弓を限界まで引っ張って射ればそれだけダメージが増す。その分、速射性は低下するが。いわば弓聖のセフィリスの必殺技というやつだった。

「アクアアロースペシャル！」

セフィリスは水属性の矢を放つ。今までよりも強烈で鋭い、大ダメージを与えられる一撃だ。

矢が突き刺さる。

「ぐ、ぐおっ！　こ、このっ！　小蝿がっ！」

イフリートは怯（ひる）んだ。

「今だ！」

俺は職業をセルフ・レンド《自己貸与》する。

「仕上げといくか！　炎の精霊王イフリート！」

俺は自らに職業を貸与（レンド）した。

「セルフ・レンド《自己貸与》！」

俺は自身に召喚士の職業を貸与（レンド）する。二度目の貸与である。

「リヴァイアサン！」

「ぬっ！　なにっ！　リヴァイアサンだと！」

俺は召喚獣を呼び出す。リヴァイアサン。長い蛇のようなドラゴンだ。水属性のドラゴンとして有名な召喚獣である。

「行け！　リヴァイアサン！」

「キュエエエ――――！」

リヴァイアサンは甲高（かんだか）い鳴き声をあげた。

「アクアウェイブ！」

起こったのは大洪水を巻き起こすような大津波である。

「ぬ、ぬおっ！　なっ、なにっ！」

炎の精霊王イフリートは大津波に呑（の）み込まれていく。水属性の攻撃なので効き目は抜群（ばつぐん）のようであった。

いくらイフリートが相手とはいえ、軽くはないダメージを与えることとなる。

「ちっ！　この小蠅どもがっ！」

「エミリア、ここに来るまで俺は錬金術師をセルフ・レンド《自己貸与》しただろ」

「うん。あの冷たくておいしいジュースを作って飲ませてくれたわね」

クーラードリンクだ。まあ、名前なんてどうでもいいが。

「確かに錬金術師は非戦闘用の職業とみられることが多い。要するに生産系の職業だな。だけど決して戦闘中に役立たないということではない。使いようによっては十分に戦闘職たりうるんだ」

「へー。そうなんだ。あんなおいしいジュース作れるだけじゃなくて、闘うこともできるのね。すごいじゃない」

俺は錬金術を発動する。俺はアイテムを作り出した。液体である。だが、ただの液体ではない。

「なにそれ、トール」

「氷結剤だ。水で塗れたイフリートを一瞬で氷結させる」

「ほらっ！」

俺は氷結剤を使用した。

「な、なにっ！」

ピキィ！

洪水に巻き込まれたイフリートが一瞬にして凍り付いた。

「ば、馬鹿なっ！　こ、この我が人間如きに敗れるなどとっ！」

イフリートは負け惜しみを言いつつ、消え去っていった。ＨＰがゼロになったのであろう。

「やったわね！　トール！」

「やりましたね！　トールさん！」

「ああ……やったな。これで俺達もＳランク冒険者パーティーだ」

「うん！　Ｓランクの冒険者パーティーね」

「冒険者ギルドに報告すればだけどな……帰って報告しないとだな」

　俺達はそう思っていた。その時であった。

　四人の人影が姿を現す。やはり、俺達は何者かに尾(つ)けられていたようだった。というよりは俺は既に、尾けていたのが誰なのかを理解していた。恐らく……いや、間違いなくあいつらだ。

「へっ！　随分(ずいぶん)と強いじゃねぇかよ！　とてもあの荷物持ち(ポーター)のトールとは思えねぇな。まぁ、勿論この真なる大勇者であるラカム様よりは弱いんだけどよぉ。くっくっく」

　俺達の目の前に四人が姿を現す。そう、ラカム達だ。

「この人達は……あの時の」

「やっぱりお前達か、ラカム」

「なんなのよ！　あんたら！　またトールをパーティーに引き抜こうとしているの！　しつこ

いわよ！　もう遅いのよ！　トールも嫌だって言ってるじゃないの！」

　エミリアは叫ぶ。

「ん？　そんな必要はねーよ。だって俺様は真なる大勇者ラカム様なんだからな。本物の勇者なんだから、職業を借りる必要なんかねぇだろ。くっくっく」

　余裕のある笑みを浮かべる。かつての虚仮ではない。真なる自信をラカムは持っているようだった。実力が裏付けられた自信。その自信や余裕は決して張りぼてのものではなかった。

「嘘だ。お前の本来の天職は村人だ。ラカム、本当のお前は勇者なんかじゃない。村人なんだ」

「うるせぇ！　俺は勇者なんだよ！　てめぇが言っているのは嘘っぱちだ！」

「その力、誰から借りたんだ？　俺以外の誰かから借りたんだろ？　恐らく、その相手は魔族か誰かだ。きっと良くない存在だ。そういう良くない存在に魂を売って、お前達は力を借り受けたんだ」

「うるせぇ！　違うって言ってるだろ！　この力は俺の力だ！　なんてったって俺は大勇者ラカム様なんだからよ！」

「くっ……」

　問答したって仕方がない。こいつらは恐らく洗脳されている。もはや俺の言葉など耳に入らない。最初から耳に入れるような連中ではなかったが。余計にそうなっている。

「トール……お前もちったぁやるみてぇだが！　それでも大勇者ラカム様にはかなわねぇんだよ！　なんてったって俺達は最強の勇者パーティーなんだからよ！　なっ！　皆！」

「ええ！　そうよ！　荷物持ち(ポーター)のトールなんて、私の大魔法でイチコロよ！　すぐに氷漬けにしてあげるんだから！　くっくっく！　それか火炙(ひあぶ)り！　おいしいステーキ肉みたいに！　ジュージューと焼いてあげるわよ！　くっくっく！」

「トール！　お前が多少は強くても、俺の聖剣に斬れないものなど存在しない！　聖騎士である俺は勝利が運命づけられている！　故に、いかにお前が強くとも、俺達勇者パーティーが敗北することなど絶対にありえない！　くっくっく！」

「その通りです！　僕たち勇者パーティーに荷物持ちの無能など必要ありません！　万が一パーティーのメンバーが傷ついても、大僧侶(だいそうりょ)である僕の回復魔法で一瞬で回復させてあげますよ！　くっくっく！」

ラカム達のパーティーは皆、余裕で不気味な笑みを浮かべる。

「トール、どうするのよ？　元々頭のおかしい子達だったけど、なんか余計に頭がおかしくなってるわよ。それになんかやばい雰囲気(ふんいき)を感じるわ」

「どうやら、闘いは避けれないみたいだな」

「そのようですね。彼らには正気に戻ってもらわなければなりません」

セフィリスも弓を構える。戦闘準備は先ほどのイフリートで完了している。

「へっ！　やるっていうのかトール！　無駄なあがきをしやがって！　てめぇがどれだけ強くても！　この大勇者ラカム様が負けるはずがねぇだろ！」

「あんたなんてイチコロ！　私の大魔法でイチコロなんだから！」

「トール！　貴様はこの聖剣の錆になってもらう！」

「この大僧侶グランがいる限り！　勇者ラカムのパーティーに敗北などありえません！」

「来るぞ！　エミリア！　セフィリス！　前のあいつらじゃない！　完全に別人だと思え！」

「「はい！」」

俺がチート職業を貸与していた時と同じ。いや、それ以上の力を得たラカム達が俺達に襲い掛かってきた。交戦はもう、避けられない。

◇

灼熱の火山地帯で俺達はラカム達とにらみ合う。

「来ないのか？　トール!?　いや、荷物持ちのお荷物トール、俺達にビビって何もできねぇんだろ」

ラカムは俺を露骨に挑発してくる。

「バカ言わないでよ！　トールがそんな臆病者なはずないじゃない！」

エミリアが叫ぶ。

「よせ、エミリア。挑発に乗るな」

俺はエミリアを制する。

「来ないのか？　だったらこっちから行くぜ！　真勇者アタアアアアアアアアアアアアアアア

アアアアアアアアアアアアアック！」

ラカムが俺に襲い掛かってきた。

「セルフ・レンド《自己貸与》！　剣聖！」

剣聖の職業（ジョブ）をセルフ・レンド《自己貸与》した俺はラカムの剣を受け止める。その力はまさしく、勇者の力そのものであった。

キイイイイン！

お互いの力の衝突が激しく、猛烈な風圧を発生させる。

「トール！」

「トールさん！」

エミリアとセフィリスが心配そうに声をあげる。

「へっ！　ただの荷物持ち（ポーター）だと思ってたんだけどな、トール。存外やるじゃないか」

「答えろ！　ラカム！　その力、誰から授かった！　村人のお前に、勇者としての力が宿るわけがない！」

「へっ。誰が教えるかよ」

ラカムは当然のように喋（しゃべ）らない。だがその口ぶりからやはり、何者かから、力を授かったのは間違いないようだ。

「お前たちに力を授けた誰かから、俺達を襲うように命じられたんだろ？」

「だから誰が教えるかって言ってるんだよ！」

キィン！

ラカムは再度俺に攻撃をしてくる。お互いの剣が激しくぶつかり合い、剣戟を繰り広げる。

ラカムは否定するが、間違いはないだろう。教えられないというだけで、まず間違いなく第三者からの命令を受けて奴らは俺達を襲ってきている。

やはり魔族か何か。それもこれだけの力を授けられる者となると限られている。魔王自身か、その配下である四天王。それくらいだ。これだけの芸当ができるのは。

「その力、魔王軍から借り受けたんだな？」

「へっ。よくわかったじゃねぇか。正解だ。答えを教えてやる。俺達は魔王軍の四天王であるルシファー様のおかげだ！　ルシファー様のおかげで俺達は真なる力に目覚めたんだ！」

「違う！　ラカム！　その力はお前達の真なる力なんかじゃない！　仮初の力だ！　お前達は勇者を自称したパーティーでありながら、悪魔に魅入られ、そして魂を売ったんだ！」

「う、うるせぇ！　このお荷物トールが！　俺様は勇者だ！　大勇者ラカム様だ！　くらえ！真勇者アタアアアアアアアアアアアアアアアアアアアアアアアアアアアアアアック！」

ラカムは再度俺を攻撃してくる。

一方その頃。

「ぷぷぷっ。無駄に足掻いちゃって。私の大魔法でイチコロなのに」

「大丈夫ですか？　メアリー。このまま魔法を撃つとラカムにまで当たってしまいますよ」

「大丈夫よ。グラン。もしラカムが死んでもあなたが蘇生させればいいじゃないの」

「それじゃあ、いくわよ！　ラカム！　避けなさいよ！　これからトールに私の大魔法をお見舞いしてやるんだから！」

「おう！　わかったぜ、メアリー！」

　ラカムは飛びのく。

「食らいなさい！　トール！　私の大魔法を！　燃え盛る紅蓮の炎があなたを黒焦げにしてあげるんだから！」

　メアリーは魔法を発動させる。

「フレイムノヴァ！」

　炎系最上級魔法。フレイムノヴァ。紅蓮の炎が俺に襲い掛かってくる。

「ちっ」

「ホーリーウォール！」

　俺に直撃する直前、エミリアが聖なる壁を発動させ、俺を紅蓮の炎から守った。

「ふっ！　やるじゃないの！　王女様！　私の大魔法をしのぐなんて」

「大丈夫だった？　トール」

「ああ……エミリアのおかげでな」

　闘ってみたら思った通りだった。やはり奴らは俺がジョブ・レンド《職業貸与》していた時と同じか、それ以上に強い。全く、厄介な相手だった。

「それもそうですね」

そして思った通り、奴らは魔王軍の四天王から力を借り受けていたのだ。

「全く、勇者を自称しておきながら、敵である魔王軍の手下になるとは」

「やっぱり、あの子達、そういうわけだったのね。急に強くなったと思ったら。トールがいなかったら何もできない弱っちい連中のはずなのに」

「なんとか、あいつらを正気に戻す。その為に時間を稼いでくれ、エミリア。セフィリス」

「はい！　トールさん！」

「わかったわ！　トール！　なんとかやってみる！」

「セルフ・レンド《自己貸与》」

俺は剣聖のジョブを返却し、新たな職業をセルフ・レンド《自己貸与》した。

こうしてラカム達のパーティーとの闘いはさらに苛烈なものになっていく。

◇

「トールは今度はなんの職業になったの？」

エミリアが聞いてくる。俺は司祭のような恰好になっていた。

「これは悪魔払いの職業だ」

「「悪魔払い!?」」

「ああ。この職業であいつらに巣くっている魔族の力を祓う。だが、その力を使えるようになるまで、それなりに時間がかかるんだ。だから二人でなんとか時間を稼いでくれ」

「わかったわ。二人でトールを守る」

「はい。私もトールさんのお役に立ちたいです」

「頼んだぞ。エミリア、セフィリス」

俺は悪魔払い（エクソシスト）の呪文を唱え始める。

「へっ！　何悪だくみしてるんだ！　てめぇら！　真勇者アタアアアアアアアアアアアアアアアアアアアアアアアアアアック！」

ラカムが斬りかかってくる。

「ホーリウォール！」

エミリアが聖なる壁でラカムの攻撃を阻（はば）む。

「何をやっている！　ラカム！　この聖騎士ルードの聖なる一撃を受けよ！　ホーリーストラッシュ！」

ラカムは聖剣エクスカリバーによる一撃を見舞った。パリィン！　エミリアのホーリウォールが砕（くだ）かれる。

「きゃあああああああああああああああああああああ！」

エミリアが悲鳴をあげた。

「ぷぷぷっ！　私の大魔法で一撃！　一撃なんだから！　ライトニング――」

「させません！」

「きゃあ！」

セフィリスは矢を放った。メアリーは魔導士系の職業に就いている。こういう職業は大抵の場合魔法攻撃、魔法防御には秀でているが物理攻撃及び物理防御に劣っている。

その為、矢のようなダメージの低い攻撃手段でもそれなりに痛手となるのだ。

「メアリー！」

「い、痛いじゃない！　グラン！　出番よ！　あんたの回復魔法で私を回復させて！」

「わかってますよ！　ようやく大僧侶である僕の回復魔法の出番ってわけですね!!」

グランは張り切っていた。

「ヒーリング！」

グランは回復魔法で怪我をしたメアリーを回復させる。

「ありがとう！　グラン！」

「へへっ！　どういたしまして！　回復なら大僧侶である僕にまかせてください！」

グランは胸を張った。

「よし！　二人とも離れてくれ！　準備が整った！　時間稼ぎは十分だ！」

「わかったわ！　トール！」

「わかりました！　トールさん！」

「ん？　……なんだ？　何をするつもりなんだ？」

「ぷふふっ。何してくるつもりか知らないけど、私達に効くわけないじゃない。だって、私達は最強の勇者パーティーなんだから」

「全くだ。まるで効く気がしない」

「無駄な足掻きというやつですね」

「食らえ！　ラカム達！　お前達に巣くっている悪魔の力を追い出してやる！　エクソシズム！」

　俺は悪魔祓いの力を発動させた。

「「うわあああああああああああああああああああああああああああああああああああ！」」

「きゃああああああああああああああああああああああああああああああああああ！」

「な、なんなのよ。あんなに大見得切っといて、思いっきり効いてるじゃないの」

　エミリアは呆れていた。

「ば、バカな……」

「う、嘘……」

「こ、こんなことが……」

「なぜ僕たちがこんなことに……」

　パタ、パタ、パタ、パタ。

　四人は倒れた。

　こうしてラカム達との闘いは終わったのである。

◇

「ううっ……俺は一体」

「わ、私は……何を」

「お、俺は……そうだ。俺は農民なんだ。鍬を振るい、汗水を流し、畑を耕すのが仕事」

「ぼ、僕は……聡明な大僧侶ではなく……ただの穀潰しの無職です」

「目を覚ましたようだな。やはりルシファーの授けた力は悪魔の力だ。悪魔払いの力で退けることができた」

　地面に倒れたラカム達が目を覚ます。

「ひ、ひいっ！　て、てめぇはトール！　や、やめろ！　殺すな！　殺さないでくれ！」

「誰が殺すか……」

　俺はラカム達の態度に溜息を吐いた。

「な、なにするつもりなのよ！　トール！　どうせ私にいやらしいことするつもりなんでしょ！　大魔法が使えなくなっても、私にはこの魅惑的なボディーがあるんだから！」

　メアリーはそう言ってきた。

「馬鹿か……誰がそんなことを。お前達を助けたのは、死なれると後味が悪くなるからっていうのもあるが、お前達に力を授けたルシファーについて聞きたかったんだ」

「ルシファー？　……ああ、あの時のあいつか」

「ええ。すごい美少年でしたよ。まるで作り物のような。確かに人間ではないような、不思議な雰囲気を彼は持っていました」

「そうか。そいつが魔王軍の四天王のうちの一人なんだな」

「は、はい。そう名乗っていましたから、間違いないと思います」

グランはそう説明する。

「そいつから命令されたんだろ？　俺を襲えって」

「は、はい！　その通りです！」

「どこにいるかわかるか？」

「わ、わかりません……」

「そうか。ならいい……」

俺はこれ以上の情報を聞き出すことを諦める。

「行くか、エミリア、セフィリス。とりあえずはアレクサンドリアの冒険者ギルドに行こう。イフリートを倒した報告をしなければならない。もしかしたらそこで魔王軍の情報を聞き出せるかもしれない」

「トールはそのルシファーって魔王軍の四天王を倒すつもりなの？」

「降り掛かる火の粉は払う。それだけのことだ。俺は勇者気取りで魔王を倒すつもりはなかったんだが、相手が俺のことを警戒し、手を出してくるなら叩き潰すより他にない」

「そう……」

「まあ、それも相手が見つかったらの話だ。わざわざそいつを探し回るつもりもない。ただもし直接会う機会があったら、ただではおかない」

俺達はアレクサンドリアの冒険者ギルドへ向かう。

「待てよ！　お、俺達をどうするつもりなんだよ！」

ラカムが俺達を呼び止めた。

「別にどうもしない」

「お、俺達はこれからどうすればいいんだ？」

「それは自分で考えろ」

俺はラカム達に告げる。

そして俺達はその場を後にした。

◇

「おめでとうございます！」

パン！　パン！　パン！　クラッカーが鳴らされた。

「ん？　……」

俺達がアレクサンドリアの冒険者ギルドに入るなり、いきなりの歓迎を受けたのである。

パチパチパチパチパチパチパチパチパチ。

複数人の受付嬢から冒険者達まで拍手をしていた。

「これは何を祝ってるんですか？　このギルドを訪れたのが百万人目とか、そういうやつですか？」

「何を言っているんですか！　トールさん！　報告は聞いております！　あの炎の精霊王イフリートを倒されたそうですね。つまりはクエストをクリアされたということです！　Sランクの冒険者パーティーに昇格されたってことですよ！」

「……ああ。そういえば、そうだった」

俺達は炎の精霊王であるイフリートを討伐したのであった。だが、俺達はその後、ラカム達とも交戦したのである。その時の印象の方が強く、ついイフリートを討伐していたことを忘れていた。

「おめでとう！」

「おめでとう！　こいつはものすごい冒険者パーティーが誕生したもんだぜ！　この短期間で最上級のSランク冒険者パーティーまで昇格するなんて！」

「全くだ！　前代未聞だな。恐ろしい冒険者パーティーだよ」

「皆様！　トールさんの冒険者パーティーに再度の盛大な拍手を送ってください！」

受付嬢に促され、冒険者達は再び盛大な拍手を送る。

パチパチパチパチパチパチパチパチパチ。

「トール、私達Sランクの冒険者パーティーになったのよね？」

「正確にはこれから昇格の手続きはあるが、もう昇格クエストをクリアしたのだから実質確定したようなものだろうな」

「すごい！　トール！　やったじゃない！」

エミリアが抱き着いてきた。

「流石トールさんです！」

「セ、セフィリスまで……」

セフィリスまで抱き着いてきた。

「お前ら、大げさだろ……大体、あのイフリートを倒した時点でSランクの冒険者パーティーに昇格するのはわかっていたことだったろ」

「それはそうだけど、実感すると嬉しくなるじゃない！」

「はい！　エミリアさんの言う通りです！」

二人は俺に猫のようにじゃれてくる。

「いい加減離れろ……今は公衆の面前なんだぞ。皆見ている」

「はーい！」

「はい。わかりました」

二人は渋々俺から離れる。

「ギルドマスターがお呼びです！　是非マスタールームにお立ち寄りくださいませ！」

「わかりました。向かいます」

俺達は受付嬢に促され、ギルドマスターのいる、マスタールームへと出向くのである。

「全く……ものすごい連中だよ。Ｓランクの昇格クエストをたったの一回でクリアするなんて。普通は何回も失敗しつつ、やっとのことでつかみ取る栄光であろうに。末恐ろしい連中だ」

ギルドマスターが俺達を出迎えた。普段表情を変えないように思えたが、今日ばかりは流石に表情がほころんでいる。俺達がＳランクの冒険者パーティーに昇格したことがそれだけ嬉しかった様子だった。

「規定の報酬だ」

俺は再び金貨を渡される。今度は前回よりももっと大きい袋だった。

「うわっ！　トール、またすごく沢山お金貰えたわねっ！」

「ああ……ただ、これだけ貰えると嵩張る。荷物になるから、銀行に預けようか」

王都には銀行がある。金を預けたり、借りたりできるのだ。そういう金融ネットワークが各国に存在して、柔軟に金を引き出したり、借りたりできる。

「うん！　そうしよう！　トール！」

「それでこれがアダマンタイト製の冒険者プレートだ」

俺達はギルドマスターから冒険者プレートを受け取った。

「これで昇格の手続きは終わりだ。細かい事務手続きは冒険者ギルドの方で進めておくよ。これで君たちはSランク、つまりは最上位の冒険者ということになる。それを自覚し、皆の手本となるパーティーを目指してほしい。頼んだぞ」

「「はい！」」

俺達は答える。

「私からは以上だ。他に何か欲しい褒美はあるか？」

ちなみにアレクサンドリアのギルドマスターは女性である。しかも若い。それだけではない。かなりダイナマイトなボディーをしており、露出度も高い。正直、目のやり場に困る。

大きく裂けた胸元は、男であるならば目を逸らすのが困難であろう。

「褒美ですか？」

「ああ……なんでも聞いてやるぞ。なにせ今日はトール君。君がSランクの冒険者になった日だ。つまりは特別な日だ。なんでもいいんだぞ。君が望むなら私が一晩、君の相手をしてやってもいい」

「……そ、それは」

ごくん。思わず俺は唾を飲み込む。

「だ、だめよ！　トール！　そんなHな誘惑につられちゃ！」

「そうです！　トールさん！　Hなのはいけないと思います！」

エミリアとセフィリスは俺を窘める。何を言っているんだ？　セフィリス。こいつはエルフ国で俺の背中を流しに風呂に入ってきただろう？　あれはHなことじゃないのか。エルフの倫理観とか価値観が俺にはよくわからなかった。

「なんてのは冗談だ。彼女達二人から顰蹙を買いそうだから、からかうのはこれくらいにしよう。ふっふっふ」

ギルドマスターは笑みを浮かべる。

こうして俺達はマスタールームを後にした。

◇

しかし、これで一件落着とはいかなかったようだった。

「た、大変です！　トールさん！」

受付嬢が声をあげる。何かあったようだ。大慌てだ。ギルド内の雰囲気もどこか慌ただしい。

「マ、マジか？　魔王軍が……」

「ああ……なんでも魔王軍の四天王の軍隊が王都に攻め入ってきたらしい」

冒険者達も大慌てをしていた。

「どうしたんですか？　受付嬢さん？」

「大変なんです！　魔王軍が王国アレクサンドリアに攻め入ってきたんです！」

「なんですって？」

「どうか、トールさん！　パーティーの方々、Sランクの冒険者パーティーとしてこの王国の危機を救ってください！」

「はい！　受付嬢さん！　トールとセフィリス！　三人で力を合わせて、必ずやこの危機を救ってみせます！」

　エミリアは力んで言った。

「私も微力ではありますが、全力でトールさんのお手伝いをいたします！」

　セフィリスも力んでそう言った。

「任せてください。受付嬢さん。必ずや、この王国の危機を俺達で救ってみせます」

「トールさん！　詳しい報酬は緊急事態ですので後回しです！　ですがギルド及び王国からきっと、満足いただけるだけの報酬が用意されると思います！」

「報酬の話は今はいいです。今はそれどころじゃない。エミリア、セフィリス、行くぞ！」

「はい！　トール！」「わかりました。トールさん！」

　こうして俺達は王都の危機を救うべく、魔王軍を相手に立ち向かうことになったのである。

◇

　王国アレクサンドリアを訪れた少年は、見た目に関しては普通の人間のようであった。

絶世の美男子。見ようによっては男装の麗人のようにも見える。そんな彼はある意味では人目を引いたが、それでも彼が魔族であるとは誰も思うまい。

そう、彼は魔族なのであった。それもただの魔族ではない。魔王軍四天王の一角なのである。

「ここが王国アレクサンドリアか……」

それは今から千年ほど前のことである。人類は魔王と闘い、魔王の力を封じることに成功した。その力は魔石としてそれぞれの王国が厳重に保管している。

ルシファーの目的はその魔石の奪還、力の解放である。無論、目的はそれだけではない。この王国アレクサンドリアを魔王軍の支配下に置くこと。それが第二の目的である。

「さて、じゃあ、さっさと始めようか」

ルシファーは王城の目の前にいた。門の前には門番がいる。

「とまれ！」

「何者だ！」

二人の門番は槍を構える。当然のように王城は厳重に守られている。許可なき部外者が立ち寄ることはできない。

「き、貴様！　何者だ！」

異様な気配を感じた門番は、ルシファーを警戒した。

「僕は魔王軍四天王の一人ルシファー。君たちに死を運びにきたんだよ。ふっふっふ！」

「こ、こいつ、おかしいぞっ！」

「皆に伝えろ！　危険だ！　この王城に危険が押し寄せてきているぞ！」

「あ、ああ！」

「遅いよ」

ブシャア！

「ぐ、ぐわああああああああああああああああああああ！」

ルシファーの言葉ひとつで、門番はひしゃげ、無様な肉塊となった。ルシファーは言葉に魔力を乗せていたのだ。言霊だけで、門番は果てたのである。

「ひ、ひいっ！　だ、だれか！　助けて！　助けてくれ！」

「君にも死をプレゼントしよう。今まで長いことお勤めご苦労だったね」

ブシャア！

「ひ、ひああああああああああああああああああああああああ！」

無様な断末魔の叫びをあげ、二人目の門番も果てた。ルシファーは満足げに笑う。

「さあ、素敵なパーティーを始めようじゃないか」

地面に大きな影が走る。その影は魔界と繋がっていた。そこから無数の魔物が現れてくる。

「この王国を死の乱舞で埋め尽くしてあげるよ。くっくっく！　あっはっはっはっはっはっはっはっは！」

王国にルシファーの笑い声が響いた。こうして王国アレクサンドリアの平凡で平和な日常は、突如として終わりを告げたのである。

魔王軍との血みどろの戦争が始まることとなる。

「うわあああああああああああああああああああああああ！」

「きゃああああああああああああああ！　誰か！　誰か――――――――――――！」

突如現れた無数の魔物により、王都は大混乱に陥っていた。

「ガウウウウウウウウウウウウウウウウ！」

魔物は複数のタイプに分かれている。辛うじて人間のような形を保っているグロテスクな魔物。犬のようなグロテスクな魔物。などなどだ。どちらにせよ皆グロテスクな見た目をしている。

普通の人間なら見ただけで、恐慌状態になるのは無理もないことである。

「きゃあああああああああああああああああああああ！」

女の人が悲鳴をあげた。犬のような魔獣に襲い掛かられたのである。

「はあああああああああああああああああああああああ！」

剣聖をセルフ・レンド《自己貸与》した俺は、その魔獣を切り伏せ、一刀両断する。

「キャウウウウウウウウウウウウウウウウウウウウウン！」

魔獣は無様な悲鳴をあげて果てた。

「あ、ありがとうございます！」

「あっちに逃げてください。あっちのほうは比較的魔獣も少ないです」

「わ、わかりました！」

女性は急いで逃げていった。

「トール、どういうことなの？　なんで急に魔獣が」

「わからない。とりあえずは王城のほうへ向かおう」

王城の方に力を感じた。かなり強い力だ。恐らくは王城に何者か、強い力を持った存在が現れたのは間違いない。

そしてこの魔物達。これらの存在は俺達が旅立った王国グリザイアに出現した魔物達と同じ存在だ。間違いなく、魔王軍の仕業であろう。そして強い力を放っている者。間違いない、魔王軍四天王のうちの一人だ。

そこまでは推測がついた。まずい。王城の守りは堅いが、それでも魔王軍の四天王相手では突破されるのも時間の問題だ。

国王、それからフィオナ王女も心配だ。

「時間がない！　急ぐぞ！」

「うん！　トール！」

「はい！　トールさん！」

俺たち三人は王城へと急いだ。

城の前には傷ついた兵士達がいた。

「大丈夫ですか！　エミリア、ヒールをかけてやれ！」

「うんっ！　わかったわっ！　トール！　オールヒール！」

エミリアは全体回復魔法を使用する。癒しの聖なる光が兵士達を包み込み、あっと言う間に癒していった。

「うっ……ううっ！」

「あ、ありがとうございます！」

「いえいえ、どういたしまして」

「それより、何があったのかを教えてはくれませんか？」

「ええ……突如、謎めいた少年が王城の前に現れたのです。私達は彼を止めようとしました。しかし私達は無残にも引き裂かれ、地に伏したのです。彼を止めることはできませんでした」

「おそらくはそいつが魔王軍の幹部——四天王だな。そいつはどこに行きました？」

「王城の中に。恐らくは国王と王女のところへ行ったのだと思われます」

「ありがとうございます。急ぐぞ、エミリア、セフィリス！」

「うん！」「はい！」

　俺たちは王室を目指した。恐らくはそこに国王と王女がいるはずだ。時間との勝負だった。手遅れになるよりも前に、俺たちはそこまでたどり着かなければならないのだ。

【ラカムSIDE】

　ラカム達は暑いので火山地帯から移動して、王国アレクサンドリアに来ていた。そして近くの喫茶店で涼みだした。

「はぁ……はぁ、疲れた、暑かったしよ」

「ほんとよねー」

　ラカム達は冷たいジュースを飲み始める。生き返った、そんな気分であった。

「で……これからどうするよ？」

　ラカムは切り出す。

「どうするって？」

「俺たちのパーティーだよ。王国グリザイアから俺たちのパーティーは始まったんだ。魔王を倒すために。だけどよ。これから一体どうすればいいんだよ」

　ラカム達は悩んでいた。これはパーティー解散の危機であった。

「正直に言えば、もうパーティーを続けていくのは難しいわよ。だって、私達は本当の勇者パーティーじゃないんだから。トールももうパーティーに帰ってくることはないんだし」

「そうか……だよな」

「僕も同じ意見です。これ以上、僕たちが勇者パーティーとして旅を続けていくのは困難です」

「ああ……俺もだ。もう将来のことは決めてある。農地を買って畑を耕すんだ。鍬を振るって汗水たらす生き方も地味だが悪くないかもしれん」

グランもルードも達観していた。ラカムも最初は反発していたが、段々とそのエネルギーを失ってきた。

彼らは子供であった。自分たちの身の丈を理解できていない子供。だが、痛い目を見て現実を受け入れるようになってきた。

彼らは大人になってきたのだ。

「そうだな。俺たちのパーティーも終わりだな。解散だ」

「うん。そうしよう」

「そうだ……寂しいが仕方ない」

「そうですね。脇役の人生も悪くないかもしれません。僕たちみたいな脇役がいるから、主役が輝くんですよ」

彼らにもう、勇者パーティーとして旅立った時の輝きは存在していない。

「その通りだ……俺もこれから村人であることを受け入れ、村人として生きるぜ」

「うん。そうしましょう」

ラカム達は喫茶店を出た。

◇

「それじゃあ、これからは自分たちの人生を生きようぜ」

「そうね。寂しいけど、これでお別れね」

「そうだな……お別れだ。みんな、達者でな。たまには俺の耕した畑に来てくれよ。新鮮な野菜を食わせてやるからな」

「たまには皆で顔を合わせましょう。それで昔話でもしましょう。たまにみんなの顔を見ると、僕も元気になれる気がするんです」

「じゃあな、勇者ラカムのパーティーはこれにて解散だ」

「ええ……」

「だな」

「そうですね」

四人は寂し気に佇む。だが、いつまでもこうしてはいられない。前を向かなければならない。明日に向かって歩まなければならない。そしてそれは今、一歩踏み出す時であった。

彼らの旅は王国グリザイアの王城から始まった、そして、今王国アレクサンドリアの王城の近くで終わろうとしている。

──その時だった。

「きゃあああああああああああああああああああああああ！」

悲鳴が聞こえてきた。王城のほうからだ。

「な、なんだ！　この悲鳴は！」

「……な、なんなのよ！」

王城から悲鳴が聞こえてくる。あれは聞いたことがある声だった。フィオナ姫の声によく似ていた。恐らくは姫の悲鳴だろう。

「な、何かあったのかしら！」

「メアリー、ルード、グラン。最後にひとつだけ提案があるんだ」

「提案？」

「最後に一回だけ、勇者ラカムのパーティーとして、良いところを見せないか？」

「そうね……今の私達でも少しは何かの役に立てるかも」

「そうですね。最後くらい、勇者パーティーとして、かっこいいところを」

「少しくらい、良いところを見せて終わったほうがいいかもな。有終の美ってやつか」

「いこうぜ！　みんな！」

「「「うん！」」」

ラカムは声をかける。その時のラカムはどことなく本物の勇者のようにも見えた。

こうして勇者ラカムのパーティーは王城へと向かったのである。

これが勇者ラカムのパーティーの最後の姿であった。

「うわあああああああああああああああああああああああああああああ！」

「きゃあああああああああああああああああああああああああああああ！」

「いやあああああああああああああああああああああああああああああ！」

「だれかああああああああああああああああああああああああああああ！」

アレクサンドリアの王城は阿鼻叫喚（あびきょうかん）の様相を呈していた。幾多もの魔物が押し寄せてきており、人々を襲っているのである。

「く、くそっ！　このっ！」

王城には兵士達もいた。

「ガウッ！」

「う、うわっ！」

しかし、魔物や魔獣の数の多さに圧倒され、手も足も出ない様子だった。

「ひ、ひいっ！　だ、誰か！　誰か！　助けてくれ――――――――――――――――！」

魔獣に襲われている兵士が悲鳴をあげる。

「はあああああああああああああああああああああああああああああああああ！」

　剣聖の職業をセルフ・レンド《自己貸与》している俺は魔獣を斬り伏せる。

「キャウウウウウウウウウウウウウウウウウウウウウウウウウウウウウウウウウン！」

　犬のような魔獣は、けたたましい悲鳴をあげて果てた。

「あ、ありがとうございます！」

「く、くそっ！　数が多すぎて時間がかかる」

　倒すのが簡単でも、いちいち時間がかかってしまう。広範囲の魔法を使うわけにもいかない。王城にはまだ多くの人間がいるのだ。悪戯に犠牲を増やすだけだ。

　セフィリスも矢を放って敵を撃退する。

「トールさん！」

「トール！　どうするのよ！　このままじゃ、国王陛下やフィオナ王女が！」

　エミリアが心配そうに声を張り上げる。

「そうだな……ちっ」

　歯がゆかった。数が多いというだけでそれなりに厄介なものだった。

　——と、その時だった。

「食らえ！　村人アタアアアアアアアアアアアアアアアアアアアアアアアアアアアック！」

「キャン！」

「な、なんだと！」

　ラカムが現れた。どういうことだ。ラカムだけではない。

「ていっ！」

「くらえっ！　農民ストラアアアアアアアアアアアアアアアアアアアアアアアアシュッ！」

「てやああああああああああああああああああああああああああああああああ！」

ルードが鍬で魔獣を攻撃し、グランが目つぶし用の消耗(しょうもう)アイテムでなんとか魔獣の勢いを削(そ)いでいる。

どういうことなんだ。こいつらは俺をただのお荷物、荷物持ち(ポーター)として蔑(さげす)み、パーティーを追い出したんじゃないのか。

俺はあまりに信じられないその光景に思わず目を疑った。

「ラカム！　メアリー！　ルード！　グラン！　どうして、どうして俺を！　俺達を助けてくれた!?」

「へっ！　パーティーの最後にちょっとくらい世の中の役に立ちたいと思ったんだよ！　元勇者としてはよ……まあ、今はただの村人だけどよ」

「そういうことよ！　だって私達、腐っても元勇者パーティーなんだもの！」

「最後の大仕事ってわけだ」

「そうです！　世のため人のため！　僕たちだって少しは役に立てるところを見せてあげますよ！」

「お前ら……」

俺は目の前で起こっている光景がとても信じられなかった。

「いいからいけっ！　トール！　ここは俺達に任せろ！　時間稼ぎくらい俺達だってできるぜっ！」

「ラカム……」

「行けよ。トール。この状況で国王様やフィオナ姫を救えるのはお前だけだ。そして魔王軍四天王（してんのう）のあいつ……ルシファーを倒せるのもな」

「エミリア、こいつらに支援魔法（バフ）をかけてやってくれ」

「わかったわ！　トール！　オールステータスバフ！」

「こ……これは」

ラカム達のステータスが、エミリアのバフ魔法により向上された。

「へっ。恩に着るぜ。トール！　エミリア王女」

「時間稼ぎを頼んだぞ、みんな。俺達は国王陛下とフィオナ姫のところへ向かう」

「おう！　任せておけ！　村人アタアアアアアアアアアアアアアアアアアアック！」

ラカムは魔獣に斬りかかった。

「行くぞ！　エミリア！　セフィリス！」

「うん！」「はい！」

俺達は魔獣をラカム達に任せ、国王陛下とフィオナ姫のところへ急いだ。

ラカム達の口ぶり。間違いない。これから先に待ち構えているのは四天王の一角ルシファーだ。

まぎれもない強敵を相手にすることになる。俺達の間に緊張が走った。

「な、なに！　王城に侵入者だと！」

　執事からの報告を聞いた国王は取り乱していた。

「は、はい！　どうやらそのようです！　侵入者は恐らく魔王軍の者だと思われます。多くの魔物や魔獣を引き連れ、この王城を荒らし回っています。数が多く兵士達では対処しきれていません」

「くっ！　なんということだ！　魔王軍めっ……おそらくはこの王城にある魔石スフィアが目当てなのだろう」

　魔石。千年前に魔王の力を封印したものだ。魔王軍はそれを狙っているのだろう。

「お父様……魔王軍がこの王城を襲っているのですか？」

　王城で起こっていることを知った国王の娘——フィオナが怯（おび）えていた。

「安心しろ。フィオナ。お前の身はわしが必ず守る」

　国王は気を取り直し、フィオナにそう強く語り掛ける。父として娘を不安にさせたくはないのであろう。

　——と、その時のことであった。

ド――――――――――――――――――――――――――――――ン！

という強烈な爆発音が響いた。王室の出入り口が破壊されたではないか。

「な、なにやつ！」

「いたいた……ここにいたんだ。国王様。それに王女様まで。クックック」

現れたのは美しい少年であった。だが、どことなく人間のような雰囲気はしない。その笑みには温かみはなく、冷たさ以外に何もなかったのである。まるで機械か何かを相手にしているかのようだ。人間のような感情は見受けられない。

この状況下で現れたのだ。間違いなく魔王軍の者であろう。流石にその程度の推察は、国王にはついていた。

「い、一体何者だ！　貴様は！」

「僕は魔王軍の四天王ルシファーだよ。国王様。クックック」

あっさりと少年は名乗った。ルシファーというらしい。

「何が目的だ！　なぜ我らの国を！　城を襲う！」

「理由なら自分でわかってるんじゃないの？　クックック」

「魔石か……やはり魔王の力を封じた魔石が目的なのか？」

「ご明察。クックック。ところで、なんで僕が簡単に名乗って、目的まで喋ったかわかる？」

「ま……まさか」

「そう、そのまさか。これから死ぬやつに何を言ったたって関係ないだろ？」

少年は美しい顔を醜悪(しゅうあく)に歪めた。

「い、いやっ！　お父様を殺さないで！」

「ん――……良いことを思いついた。娘のフィオナ姫だったよね。君をお父さんより先に殺してあげようか。親より先に子供が死ぬなんて親不孝だからね。その親不孝を存分に味わわせてあげよう」

「な、なんだと！　この鬼め！　悪魔め！　殺すならわしから殺せばいい！」

「だめだよ。そんな楽して死んじゃ。最愛の娘を無残に殺されて、絶望に染まりながら国王様は死ぬんだ。じゃないと面白くないだろ？　クックック」

「や、やめろ！　この鬼！　鬼畜！　悪魔めっ！」

「クックック。何を言ってるんだ？　何を今更。僕は魔族なんだよ。君たちは害虫を殺す時に同情を抱いたりするのかい？　しないだろ？　僕だって同じだよ。それくらい僕にとっては君たちの命なんてどうでもいい価値しかないんだよ」

「い、いやっ！　お父様！」

ルシファーはその狂気を、まずは娘であるフィオナ姫に向けようとしていた。

「いやあああああああああああああああああああああああああああああああ！」

フィオナ姫は甲高(かんだか)い悲鳴をあげた。悲鳴は王城中に響き渡るかと思うほどであった。

――次の瞬間。

矢がルシファーの足元に突き刺さる。

「ん？　……なんだ。だれだ？　僕のお楽しみの邪魔をするのは」

「なんとか間に合ったみたいだな」

　少年がいた。少女がいた。それにさっきの弓を放ったのはエルフの少女だ。見覚えがある。

「そうか……お前がトールか。僕の邪魔をしにきたトール。あのラカム達に僕が力を授けたのに、どうやら始末しきれなかったようだな。情けない連中だよ。せっかく僕が力を授けてやったっていうのに」

　ルシファーは嘆（なげ）く。

「もういい。こうなったら僕が君たちに直接引導（いんどう）を渡してやる」

　ルシファーはトール達に向き直る。

　こうしてルシファーとトール達との闘いが始まったのである。

俺達は王室に突入する。扉が破壊されていた。間違いなかった。既にルシファーは王室まで到達しているのだ。

間に合え。俺達はその一念で走り続ける。

「セフィリス！」

部屋に入ると既にルシファー……と思しき少年がいた。そして地面にへたり込んでいるフィオナ姫の姿も。

「はい！　トール様！」

具体的に指示しなくてもセフィリスは理解した。弓聖セフィリスは矢を放つ。矢はルシファーの凶行を阻止するべく、ルシファーの目の前の地面に突き刺さった。

「なんだ……全く、人のお楽しみを邪魔しやがって」

ルシファーが毒づく。

「君はトール君じゃないか。ジョブ・レンダー《職業貸与者》のトール君。噂には聞いているよ。全く、ラカム達も本当に役立たずだね。せっかく僕が力を授けてあげたのに。始末できないなんて」

「お前が魔王軍の四天王のルシファーか」

「そうだよ。僕がルシファーだ。魔王軍四天王の一人。堕天のルシファー。もういいよ、トール君。君は僕自らが引導を渡してあげるよ。君は僕たちが仕える魔王様の大きな障害になりそうだからね。君のジョブ・レンダー《職業貸与者》としての力はとても危険なんだよ」

「来るぞ！　エミリア！　セフィリス！　敵は一人だが相当に強い、侮るなよ！」

「わかってるわ！　トール！」

「はい！　トールさん！」

「準備の時間なんて与えないよ。こちらから行かせてもらう」

ルシファーは手に闇の力を込めた。手が闇の力に染まり、まるで刃物のように鋭利になる。

キィン！

剣聖の職業をセルフ・レンド《自己貸与》している俺はルシファーの手刀を受ける。甲高い音が王室に響き渡った。

こうして俺達とルシファーの闘いは始まったのである。

「トール！」

「トールさん！」

俺とルシファーが密着していると二人も援護がしづらいのだろう。手をこまねいている様子であった。

「それがジョブ・レンダー《職業貸与者》としての力か。面白いじゃないか」

「くっ……」

「もっとだ！　もっと見せてみろよ！　ジョブ・レンダー《職業貸与者》のトール君！」

「なっ！」

ルシファーは距離を置いた。

「暗黒結晶弾！」

ルシファーは無数の黒い結晶を放ってきた。それは弾丸のような速度と威力で俺達に降り注ぐ。俺は剣聖の職業(ジョブ)を返却(リターン)した後、ロイヤルガードの職業を貸与する。ロイヤルガードは盾役の職業である。

俺は巨大で堅牢(けんろう)な盾を持ってルシファーの遠距離攻撃——暗黒結晶弾を防いだ。

「ははっ……なんでもできるんだな、君は」

ルシファーは笑う。

「エミリア、セフィリス。お願いがあるんだ」

「お願い、どんな？」

「国王陛下とフィオナ王女が近くにいるだろ。俺が時間を稼ぐ。だからそのうちに二人を安全なところまで避難させてほしい」

王城にはまだ多くの魔物や魔獣が存在している。国王とフィオナ王女だけでは危険が伴(ともな)う。ルシファーを倒したところで、そういった魔物達が消滅するとも限らない。

「け、けど、それじゃトールが一人で闘うことにならない？」

「俺なら一人でもなんとかなるさ」

「わかったわ。国王様と王女様を避難させればいいのね」

「わかりましたわ。トールさん」

　こうして二人は国王とフィオナ姫のところへ向かった。

「ちっ！　余計な真似を！　そいつは僕の玩具なんだよ！　邪魔するなよ！」

「させるかっ！」

　俺はルシファーの前に立ちはだかる。

　キィン！

　ルシファーの手刀を盾で防いだ。

「邪魔だ！　ジョブ・レンダー《職業貸与者》！」

「ここは絶対に通さない！」

　こうして、俺とルシファーの一対一での闘いが始まったのである。

◇

「くそっ！　舐めるなよ！　ジョブ・レンダー《職業貸与者》だかなんだか知らないが！　高々人間一人で、魔族であり魔王軍四天王の一人である僕をなんとかできると思うなよ！」

キィン！　俺はロイヤルガードの盾でルシファーの攻撃を防ぐ。

「暗黒結晶弾！」

距離を取った、ルシファーは遠距離攻撃を放ってくる。黒い弾丸のようなものが襲い掛かってくる。

「くっ！」

俺はその攻撃を盾で防いだ。やはりロイヤルガードは守備よりの職業(ジョブ)だ。単体で闘う分には不自由な職業だった。所謂(いわゆる)盾役の職業なのだ。攻撃力に乏(とぼ)しい。

「職業返却(ジョブ・リターン)！」

「させるかっ！　馬鹿めっ！」

「ちっ！」

キィン！

ジョブ・レンダー《職業貸与者》としての俺もまた万能でも全能の存在ではない。職業を切り替える時、一旦返却しなければならない。そこに僅(わず)かな隙(すき)があった。ルシファーはその隙を許しはしないのだ。

「口ほどにもないな！　ジョブ・レンダー《職業貸与者》！　君の力はその程度なのかっ！」

「……く、くそっ！」

隙を作れず、職業のスイッチをできない俺は苦戦を強(し)いられた。

——その時であった。

「……なんだ？　貴様らは」

複数人の少年少女達が姿を現す。

「……へっ、トールの野郎。随分、あのルシファーに苦戦してるみたいじゃねぇか！」

「ラカム……メアリー……ルード……グラン……お前達、一体……」

「元勇者パーティーとして、魔王軍の凶行を見捨てるわけにもいかないからな」

「な、舐めるなよ！　この雑魚ども！　お前達みたいな雑魚どもに一体何ができるんだ！　僕が力を授けなければ何もできなかった雑魚が！」

「職業返却！」

セルフ・レンド《自己貸与》していた職業を俺は返却する。俺はただのジョブ・レンダー《職業貸与者》に戻ったのである。

それに気づいたことがあった。今ここにいないエミリアとセフィリスに貸与していた職業が返却されていたのである。俺の四人までが上限というジョブ・レンダー《職業貸与者》としての上限に空きができたのだ。

恐らくはエミリアとセフィリスは、国王とフィオナ姫を逃がすために、俺の能力の範囲外まで行ってしまったのだろう。

だが、これは好都合でもあった。

「ラカム、メアリー、ルード、グラン。お前達にもう一度だけ職業を貸与してやる」

「……どうして、そんな気になった？」

ラカムが意外そうな顔で聞いてくる。

「それがベストな方法だと思ったからだ。今は手段を選んでいる場合じゃない。他に方法がない。皆で力を合わせて、あの四天王のルシファーを倒すべき時だ」

「へっ……言うじゃないか。皆、聞いたか。トールがまた俺達に職業を貸してくれるってよ」

「ええ。聞いたわ」

「聞きました」

「聞いたぞ！」

「俺達、勇者ラカムの最後の活躍！　花道を飾るには相応しい舞台だぜ！」

「ええ！　最後にあのルシファーにガツンと大魔法をぶち込んであげるわよ！」

「ああ！　俺の聖剣エクスカリバーの最後の輝きを見せてやる！」

「はい！　その通りです！　最後に大僧侶として皆さんのお役に立ってみせますよ！」

ラカム達はそう言っていた。最後……そうか。こいつらはもうパーティーを解散するつもりなのか。無理もない。チート職業を失った彼らはもうこれ以上パーティーを続けていくことは困難であろう。

現実を思い知り、ついに彼らは決断したのだ。かつての子供のような無邪気さは彼らにはなかった。どこか達観していたのだ。

「何をごちゃごちゃ言っているんだ！　このゴミムシどもが！」

「ジョブ・レンド《職業貸与》！」

俺はジョブ・レンダー《職業貸与者》としてのスキルを発動した。ラカム達に職業を貸与する。ラカムに勇者、メアリーに大魔法使い、そしてルードに聖騎士、グランに大僧侶。

俺が返してもらったチート職業を、再び彼らに貸与(レンド)する。

「へっ。ありがてぇぜ。トール、再び勇者としての力を得られるなんて」

「私も大魔法使いになれるなんて」

「聖騎士として再び聖剣を振るえる機会があるなんてな」

「皆さん！　もし怪我(けが)をしても大僧侶になった僕がいるからもう安心ですよ！」

ラカム達は力を得て、失った自信を取り戻していた。

「このゴミムシどもがあああああああああああああ！　調子に乗るなよ！　僕の本気を見せてやる！　うああああああああああああああああああああああ！」

ルシファーは叫んだ。メキメキと、背中から黒い翼が生えてくる。そして筋肉が膨張(ぼうちょう)していた。美しい少年のような見た目は仮初(かりそめ)の姿だった。ルシファーは殻(から)を破った。悍(おぞ)ましい悪魔のような化け物。

あの邪神の真なる姿と同じように、ルシファーも本当の姿を隠し持っていたのだ。

「これが僕の本当の姿！　本当の力だ！　この力をもって、お前達みたいなゴミ虫！　踏みつぶしてやるからな！　あっはっはっはっはっはっは！」

「トール……ありがとうな。再び職業を貸してくれて」

ラカムは柄(がら)にもなく、俺にそんなことを言ってきた。

「礼はいい。今は目の前にいる化け物――ルシファーをなんとかしてくれ。頼んだぞ、お前達」

「行くぞ！　野郎ども！　これが勇者ラカムのパーティーの最後の闘いだ！」

「うん！」「おう！」「はい！」

こうして真なる姿を現したルシファーと、勇者ラカム達の闘いが始まったのである。

「行くぜ！　野郎ども！　勇者ラカムのパーティー最後の闘いだ！　うおおおおおおおおおおおおおおおおおおおおお！」

「このゴミムシめがっ！」

「真！　勇者アタアアアアアアアアアアアアアアアアアアアアアアアアアアック！」

「なにっ！」

ブシャアアアアアアアアアアアアアアアアアアアアアアアアア！

ラカムの真勇者アタックにより、巨大化したルシファーの腕は両断された。

「く、くそっ！　このゴミムシ！」

ルシファーは残っている手で、ラカムを攻撃する。

「うわああああああああああああああああああああああ！」

真勇者アタックは強力な一撃ではあるが、その反動でラカムは、一定時間動くことができなくなるという欠点があった。強力な攻撃にはその分、隙があることが通例なのだ。

「ラカム！」

メアリーが叫ぶ。

ド――――――――――――――――――ン！

ラカムは壁に激突した。

「ふふふっ。どうだ、このゴミムシ！」

「大丈夫ですか!?　ラカム！」

「ああ……なんとかな。即死は免れた」

「今治します！　ヒール！」

グランは回復魔法を発動させた。大僧侶である彼の得意魔法だ。ラカムのダメージは一瞬にして回復される。

「よっしゃ！　治ったぜ！　ありがとよ！　グラン！」

「礼ならトールに言ってください。この力はトールから借り受けたものですから」

グランは笑う。ラカムも笑った。

「そうだな。その通りだ。サンキュー、トール」

「だから、礼ならあのルシファーを倒してからにしろって言ってるだろ」

俺も笑った。戦闘中なのに笑うとはどういうことなのか。自分で突っ込みたくなるが、なぜか笑みをこらえきれなかったのである。そういう、おかしな雰囲気にこの場はなっていた。

「へへっ。そうだったな」

「このゴミムシが！　うざったい真似しやがって！」

「こちらへの警戒がゼロだぞ！　魔王軍四天王のルシファー！　この聖騎士の聖なる一撃を受けるがいい！　ホーリーストラアアアアアアアアアアアシュッ！」

ルードは聖騎士としての力を発揮する。聖なる一撃がルシファーを襲った。

「なに！　ぐわあああああああああああああああああああああああああああああ！」

ルシファーの残っている片腕も粉砕される。

「イチコロ！　イチコロなのよ！　大魔法使いであるメアリー様の一撃の前にはたとえ魔王軍四天王が相手でもイチコロなんだから。ふっふっふ」

大魔法使いであるメアリーは魔法を放つ。かつては空振りに終わった氷系の最上級魔法。全てを凍り付かせる絶対零度の一撃。

「フロストノヴァ！　大魔法使いメアリーの大魔法で氷漬けになっちゃいなさいよ！」

ピキィ！

「な、なに！　ば、馬鹿な！」

ルシファーは凍結をした。

「ラカム！　出番よ！」

「ああ！　サンキュー、メアリー！　これでとどめだ！　これが最後の真勇者アタアアアアア

アアアアアアアアアアアアアアアアアアアアアアアアック！」

ズバッ！

「な、なに、ぐおおおおおおおおおおおおおおおおおおおお！」

ラカムは真勇者アタックで凍結したルシファーにトドメの一撃を放つ。ルシファーは断末魔のような悲鳴をあげた。

「ば、馬鹿な！　こんなこと、こんなことがあるわけが……馬鹿なっ！」

ルシファーは自分の敗北が俄には信じきれなかったようだ。

こうしてルシファーは消滅していく。

「へっ……ありがとうな。トール」

「ああ……お前達のおかげだよ、ラカム」

俺達は手を握った。かつてなら考えられないことだった。

エミリアとセフィリスが戻ってくる。

「トール！　……あれ？　ルシファーは」

「ああ。あいつならもういないよ」

「そう。倒したのね。流石はトール」

「いや、俺だけじゃない。ラカム達がいたからだ」

「……へー。そうなんだ。仲直り、したのね？」

エミリアは聞いてくる。

「まあ……そうかもな」

なんだっていい。とりあえずはルシファーの脅威（きょうい）は去ったのだ。こうしてやっと俺達は一息つけるのであった。

エピローグ　～新たな旅立ち～

「トール様！　実にありがたい！　君たちのおかげで我が王国アレクサンドリアの危機は過ぎ去ったよ！」

「ええ……本当ですわ。トール様。皆様。あなた達は我が王国の危機を救ってくれた英雄です」

魔王軍四天王ルシファーの危機が過ぎさり、俺達は国王とフィオナ王女に健闘を称えられた。

「……トール様、皆の者。少しばかりの褒賞金だ。そしてラカム殿のパーティーには今回の活躍に免じ、以前没収した制裁金を返そうではないか」

「そ、そんな……別にいいですよ。あの活躍は俺たちの力じゃないんです。トールから借り受けたものなんです」

ラカムは遠慮した。

「いいからラカム、好意は素直に受けて取っておきなさい」

エミリアに宥められる。

「これからの人生、何かとお金は必要でしょ」

「そうよ、ラカム。貰っときなさいよ。しばらくそのお金で私は遊んで暮らしたいわよ！」

「俺もそう思う。俺の本来の職業は農民だ。資金があれば大きな畑を買うこともできる！　そう、大地主にだってなれるかもしれない！」

「僕だって働かないでしばらく生活できます！　僕はもうしばらく働きたくないんですよ！　ぐーたらと過ごしたいんです！」

チート職業が返却されたラカム達。ラカム達は元々の外れ職業になっていた。

「ふむ……皆のものもそう言っているのだ。大人しく受け取っておくがよい」

「ありがとうございます。国王陛下」

ラカム達は結局、褒賞金を受け取った。

「それでは改めまして、この国の危機を救ってくださった英雄たちに拍手を送りましょう」

フィオナ姫はそう言って拍手を始めた。俺達の周りには兵士及び使用人たちが何人もいたのである。

パチパチパチパチパチパチパチパチパチパチパチパチ！

盛大な拍手が鳴り響いた。こうして王国を救った俺達に対しての褒賞式が終わったのである。

それからのことだった。俺達はラカム達と顔を合わせた。
「ありがとうな……トール。お前がいたから、王国アレクサンドリアを救うことができた」

ラカムは俺にそう言ってくる。身の程を知ったラカムはもはやかつてのラカムではない。誰だってそうだ。挫折を知り、そして身の程を知り、成長していくものなのである。

「気にするな……お前達がいなければ王国を救うことはできなかった。俺だって感謝しているんだ」

「俺達、勇者パーティーの最後の晴れ舞台だったからな。有終の美を飾れて本当によかった」

「これからどうするんだ？」

「身の丈にあった生活をするよ、俺達は。俺は村で村人をやる。それで、トール、お前が世界を平和にする日を待つよ。一人の村人としてな」

「俺が……世界を」

「ああ。それが俺達の望みだ。もう、世界の危機を救えるのは、きっとトールだけなんだ。勇者なのは俺じゃなかった。トール、お前だったんだよ」

「お、俺が勇者……そんなことをお前に言われるなんてな」

「トール、お前が、お前こそが本当の勇者だったんだよ。真の勇者だ。俺のようなまがい物の勇者じゃない。だからどうか、俺達の代わりに世界を救ってくれ。魔王の脅威から世界を救えるのはお前だけだ」

「私からも頼むわよ、トール」

メアリーがそう頼んでくる。

「俺からも頼む！　魔王を倒して帰ってきたら、俺が育てた野菜を沢山食べさせてやるから！」

ルードが俺に頼んでくる。

「僕からも頼みます、トール。僕たちの代わりに世界を救ってください！　世界を魔王の危機から、どうか頼みます！」

グランも俺達にそう頼んでくる。

「皆……」

「トール」

「トールさん」

エミリアとセフィリスが声をかけてくる。

「ここまで来て、ラカム達の気持ちを蔑ろになんてしないわよね？」

「私も思うんです。この世界の危機を救えるのはトールさんだけだって……！」

「エミリア、セフィリス……。わかってる。ラカム達の意志は俺が受け継ぐ」

もう最初のようには戻れない。ラカム達と勇者パーティーとして行動を共にするのは。俺にはもうエミリアがいる。そしてセフィリスがいる。

この三人で旅をすることを決めているのだ。だから元には戻れない。だが、ラカム達の意志を受け継ぐことはできた。

「魔王は必ず俺が倒す……ジョブ・レンダー《職業貸与者》である俺が必ず。世界を魔の手から救ってみせる」

魔王軍四天王の一人ルシファーは倒したが、それでもまだ世界の脅威は残っている。四天王は他にも三人いる。そして力を封じられている魔王。

　魔石を今回はなんとか守ることはできたが、魔王の力が今後も目覚めない保証はなかった。

「ああ……これで安心して村に戻れるよ、俺達は」

「ああ。安心して帰ってくれ。じゃあな、ラカム、メアリー、ルード、グラン」

「それじゃあね」

「それでは失礼します」

　俺達はラカム達と別れた。こうして俺達はラカム達の意志を引き継ぎ、世界を魔王の脅威から救う、旅を続けることにした。

　俺のジョブ・レンダー《職業貸与者》としての旅はまだ始まったばかりである。エミリアとセフィリスという仲間を引き連れ、これからも旅は続いていく。

書き下ろしSS　エミリアのダイエット特訓

それはトール一行の旅の途中のことであった。

「うーん！　この店のパフェは本当においしいわね！」

道中で立ち寄ったカフェでのこと。エミリアは幸せそうにパフェを口に放り込み、頬張っていた。

トールはエミリアの顔を怪訝そうに見つめていた。

「な、なに？　トール。私の顔に何かついてる？」

「いや……そうじゃないんだが……エミリア」

トールは躊躇いながらも、核心に触れる。

「お前、太ったか？」

「え？　な、何を言っているのかしら、トール。い、いやだわ、もう。女の子に『太った？』とか聞くのはマナー違反よ。デリカシーがないんだから……。大体、私が太るわけないんじゃない。そんなに食べてないわけだし」

「いや、滅茶苦茶食べまくってるだろ。前に寄った街では特大のパイを一人で完食してたし、今食べてるパフェだって、それで五杯目だぞ」

「……何を言っているのかしら。そ、それくらい普通よ。普通の食事量よ」

エミリアは冷や汗を流す。薄々は事実に気づきつつも、それでも直視したくはないのであろう。必死に目を逸らそうとしている。

「……普通の食事量ねぇ」

トールは呆れたように呟く。

「私達、エルフ国でもこんなに食事を摂られる方を見たことがありません」

セフィリスは目を丸くしていた。

「と、ともかく。確かに私は普通の人よりほんのちょっぴり、食べている方かもしれないけど、私が太ったとかいうのはただの目の錯覚。気のせいなんだから」

「だといいんだけどねぇ……」

トールは呟いた。そして、その後に三人は宿へと向かった。そこで事件が起こるとはその時、三人には知る由もなかった。

【エミリア視点】
エミリアが風呂に入った後のことだった。

「ふふふふーん♪」

エミリアは呑気に鼻歌を歌って、風呂から出る。

「ん？　こ、これは――」

エミリアの目の前には大きな台があった。ドワーフ国が製造した魔法道具の一つである。『体重計』があったのだ。その台に乗ると、目の前に自身の体重が表記されるという日々の健康管理に便利な代物だった。ちなみにエミリアの家は王族であり、富裕層だ。故にこの『体重計』には以前乗ったことがあり、自身の体重を正確に記憶していた。

（前の体重は●kg『乙女のプライバシーに基づき秘匿とする』だったわね……私が太った？　そ、そんなわけないじゃない。トールの奴、馬鹿なことを言っているんじゃないわよ）

恐る恐るエミリアは『体重計』に乗ってみることにした。

エミリアは強く瞳を閉じていた。意を決して目を開く。そして目の前に表示されていた数字を見る。その数字はなんと、エミリアが想像していた数字よりもずっと大きなものだったのだ。

一瞬、見間違いかと思った。しかし、いつまで経っても目の前の数字は変わらないのだ。

「き、きゃああああああああああああああああああああ！　い、いやああああああああああああああああああああああああああああああ！　嘘！　嘘よおおおおおおおおおおおおおおおおおおおおおおおおお！」

エミリアは叫んだ。その叫び声はあまりにも大きく、宿屋全体に響き渡るほどであった。

「ど、どうしたんだ！　エミリア！　な、何があったんだ！　魔族でも攻め込んできたのか！」

「うう……どうしたんですか……」

心配したトールとセフィリスが脱衣所に飛び込んできた。先に就寝していたセフィリスは瞼(まぶた)を手の甲で擦っている。

「ううっ！　トール！　魔族が襲ってきたどころじゃないの！　緊急事態なの！」

「ど、どんな緊急事態だ？」

「前に計った時より、体重が重たくなっているの！　この『体重計』故障しているに違いないわ！　ドワーフ達の陰謀(いんぼう)よ！　私の自尊心を傷つけようと手の込んだ罠(トラップ)を仕掛けてきたのよ！」

「待て待て、エミリア。冷静に考えろ。そんなことをしてドワーフ達になんの意味がある？　お前は現実から目を逸らそうとしているんだ。まずは向き合おう。な？」

「……げ、現実って。ほ、本当に私が太ったっていうの？」

「残念ながらそうなるな……」

「この『体重計』が壊れていたわけではなくて、純粋に私が太った」

ガーン。エミリアは多大なショックを受けつつも、それでもその現実をいよいよ受け止めざるを得なくなったのだ。

「トール！　お願い！」

「……なんだ？」

「トールのジョブ・レンダー《職業貸与者》の能力で、私を楽して痩(や)せさせて」

「……そんな都合の良い能力あるか」

「錬金術師(アルケミスト)にでもセルフ・レンド《自己貸与》して、痩せる薬を作って私に飲ませて、お願い」

「そんな都合の良いことできるか……大体、薬には副作用があるんだぞ。できなくもないかもしれないが痩せる代わりにお前の肌がガサガサの乾燥肌になってしまうかもしれない」

「うっ……それは嫌ね」

「だから、楽して痩せる方法はないんだよ。けど、楽はできないが痩せる方法ならある」

「し、仕方ないわね……じゃ、じゃあその方法でいいわ。トール。手伝ってよ」

「……わかった。けど、今日はもう遅い。明日にしよう。それから、エミリア。早くまともな服を着てくれないか」

「え？」

　エミリアは自身の恰好(かっこう)に気づく。エミリアはバスタオルを一枚羽織(はお)っただけの恰好だったのだ。

「も、もう、トールのえっち」

　エミリアはトールを責めるような目で見た。

「お、俺が悪いのか」

「なんてね、じょーだんよ。じょーだん。それじゃあ、今日は遅いし、寝ましょうか」

「そうだな……つっても俺達はお前の悲鳴に起こされたんだけどな」

「そうです……そうです……すやすやすや」

セフィリスは立ちながら寝始めた。器用な芸当であった。こうしてトールは隣の部屋に戻っていく。ちなみに同室だったわけではない。当然のように別々の部屋を取っているのであった。

こうして翌日を迎えることとなる。

「よし……それじゃあ、始めるか」

こうしてエミリアのダイエット特訓が開始されたのであった。

「……よろしくね、トール。むしゃむしゃ……」

エミリアはポテトスナックを頬張っていた。持ち運びができる、便利な携帯食料だ。保存も効くし、おいしい。唯一の欠点は食べ過ぎて太ってしまうことくらいだ。

「これからダイエットをしようとしている者がポテトスナックなんて食うな！　今すぐ捨てろ！」

トールはエミリアのポテトスナックを地面に投げ捨てた。

「えー!?　も、勿体(もったい)ない！」

「こほん」

トールは咳払(せきばら)いをする。

「気を取り直して、エミリアのダイエット特訓をしようと思う」

「えー……ダイエット特訓。いやよ、私。なんかしんどうそうで」

「お前が望んだことだろうが！　お前が痩せたいって！」

「そ、それはそう。その通りだけども」

「トール様……、言われた通りに誘き寄せてきました」

セフィリスはそう言ってきた。

「「ワオオオオオオオオオオオオオオオオオオオオオオオオオオオオン！」」

数体のウォーウルフがトール達の前に姿を現す。

「な、何をするつもりなの？　トール。その狼達に私を食べさせようっていうの」

エミリアが慄(おのの)いた。

「そんなわけあるか……これが効率的なダイエット方法なんだよ。セルフ・レンド《自己貸与》。魔物使い(ビーストテイマー)」

トールは魔物使い(ビーストテイマー)の職業(ジョブ)をセルフ・レンド《自己貸与》する。

下級の魔物(モンスター)であれば、トールの命令に従うようになるのだ。

「ウォーウルフ達、エミリアを追っかけ回せ。捕まったら、死なない程度に痛めつけても良い」

「「ワオオオオオオオオオオオオオオオオオオオオオオオオオオオオン！」」

ウォーウルフの群れはトールの命令に応える。

「う、嘘よ。い、嫌よ。こんなこと……」

「エミリア、死にたくなければ死ぬ気で走れ。いけ！　ウォーウルフ達よ！」

「「「ワオオオオオオオオオオオオオオオオオオオオン！」」」

ウォーウルフの群れは、エミリアに襲い掛かっていった。

「い、いやあああああああああああああああああああああああああああ！　死にたくないいいいいいいいいいいいいいいいい！」

エミリアは涙目になり、全力で走っていった。

「はぁ……はぁ……はぁ……はぁ……し、死ぬかと思ったわ、本当……」

こうして半日ほど、エミリアはウォーウルフ達に追っかけ回されたのであった。

時刻はやっとのことで昼時を迎える。エミリアにとっては待ちに待った昼食時でもあった。

トールとセフィリスは二人で食事を用意していた。

「よく頑張ったな。エミリア。ほら、昼飯だ」

「……わー、何かしら。凄く走り回っていたから猛烈にお腹が減ったわ。こんなに食事が楽しみだったことは今までにないくらい」

エミリアは目を輝かせていた。だが、現実は期待を一瞬で裏切った。

彼女の目の前に置かれたのは、パンが一個。そして、野菜のスープ。それだけであった。

「こ、これだけ？　ストロベリーパフェは！　チョコレートケーキは！　パンプキンパイは！　あんなに運動したんだから、テーブルに山盛りになるくらいの食事が並んでないとお腹一杯にならないわよ！」

当然のようにエミリアは不満を漏らす。

「ふざけるな……いくら走ってもそれだけ食べればまた元に戻ってしまうだろ……今日はそれだけだ」

「ぐ、ぐすん……ううっ……トールの意地悪。鬼、悪魔」

エミリアはトールを恨めしそうな目で睨む。

「なんでダイエットに協力している俺がそんなに責められにゃならん！　理不尽だろ！　そんなに言うならもう協力しないぞ！」

「う、嘘！　そんなこと僅かばかりも思っていない！　ど、どうか協力してトール！」

こうしてエミリアのダイエット特訓は続いていくのであった。

◇

こうしてエミリアのダイエット特訓が始まって数日後のことであった。地獄のような特訓ではあったが、それでも辛い分それ相応の対価があったようだ。

「よし！」

エミリアは意を決して『体重計』に乗る。

そこに映し出された数字は以前と同じ程度のもの。

エミリアは彼女にとっては理想の体重に戻ることができたのだ。

こうして、エミリアの辛いダイエット特訓は終わりを迎えたのだ。

「や、やったわ！　トール！　私痩せたわ！　元の私に戻ったのよ！」

エミリアは泣きながらトールに抱き着く。

「大袈裟（おおげさ）な奴だな……ただのダイエットだろ」

「乙女にとってはそれだけ大事なのよ！　ありがとう！　これもトールとセフィリスのおかげよ！」

「どういたしましてです」

セフィリスも微笑（ほほえ）んだ。

「そういえば、セフィリスもそれなりに食べてたけど、体型が全然変わらないわね」

エミリアが怪訝（けげん）そうに見やる。

「エルフは見た目も大して変わらないですし、体型も変わらないのです」

「うっ……理不尽だわ。それじゃあ、沢山食べても太ることなんてないってことじゃない。なんで私は人間に生まれてしまったのかしら。エルフに生まれればよかったのに」

「ないものねだりしても仕方ないだろ……そうやって生まれてしまったものは仕方がないんだ」

トールはそう突っ込んだ。

「それもそうね……そうじゃあ、気を取り直して、今日は私のダイエット成功を祝して、パーっとやるわよ！　宴会よ！」

「宴会って？」

「そりゃもう、お店は決めてあるわ！　そこで沢山おいしいものを食べるのよ！」

「おいおい……ある程度節制してやれよ」

しかし、当然のようにエミリアがトールの言葉に耳を傾けるはずもなかった。

◇

「むしゃむしゃむしゃ！　ガツガツガツ！」

エミリアはテーブル一杯に並んだ料理に食らいつく、よっぽど飢えていたのだろう。

「エミリア、聞いてるか？　ハメを外しすぎるとろくなことに」

「おいしい！　今この瞬間以上の幸福はこの世に存在しないわ！　パンと野菜スープしか口にできず、ウォーウルフにおっかけられた悪夢のような日々が嘘のよう！」

トールの忠告など、エミリアの耳に入るはずもなかった。

「だ、だめだこいつ……もう、何を言っても無駄だ」

トールは項垂れた。

「うーん！　このパフェすっごくおいしい！　お姉さん！　このパフェ、十人分お願いします！」

エミリアはウエイトレスにそう声をかけた。

「じゅ、十人分ですか！　わ、わかりました！　た、ただちに！」

この時のエミリアは未だかつてないほど幸せな顔をしていた。

だが、夢のような時間はいつまでも続かない。

こうして好き放題に食事を楽しんでいったエミリアがどうなったのか。

言うまでもないだろう。過剰なまでの暴飲暴食の行きつく先にあるもの。

それは『リバウンド』だ。

当然のように『リバウンド』が直撃したエミリアが、再びトールによる地獄のようなダイエット特訓を受けるハメになったのは言うまでもない。

『『『ワオオオオオオオオオオオオオオオオオオオオオオオオオオン！』』』

エミリアはウォーウルフの群れに追いかけられる。

「ひいいいいいいいいいいいいいいいい！　死ぬ！　食べられちゃうううううううううう！」

エミリアは涙目でウォーウルフの群れから逃げる。

「ほら、死ぬ気で走って逃げろ、エミリア。このままだとウォーウルフに食べられちまうぞ」

「がんばってください！　エミリア様！」

二人は必死にダイエット特訓に取り組むエミリアに、エールを送っていた。

エミリアはこの時ばかりは思っていた。油断せずに節制していればと。こんな地獄のダイエット特訓を受けなくても済んだのだと。次からはもっと気を付けようと。そう、反省していた。

しかし、その反省など一時のものである。再びダイエットが成功した時に、エミリアに食事を我慢できるはずなどない。

こうしてエミリアは振出しに戻ってしまったのだ。再び、地獄のダイエット特訓が始まってしまった。

喉元（のどもと）過ぎれば熱さなど忘れてしまうものだ。

それからもエミリアは度々（たびたび）、リバウンドを繰り返すこととなる。

エミリアがダイエットに奮闘する日々はこれからもしばらく続きそうなのであった。

あとがき

この度、第３回集英社ＷＥＢ小説大賞で銀賞を頂き、本作を出版させて頂くことになった九十九弐式と申します。本作をお手にとって頂き、誠にありがとうございます。共著『ポイントギフター《経験値分配能力者》の異世界最強ソロライフ』に続いて、同レーベルにて二作目の出版となります。本作は一応、単著ということになるのですが、ここに至るまで多くの方々の協力を得て、今に至っております。まず、この作品のアイディアは自分のものではありませんでした。非公開性のＳＮＳ上で、『《魔力無限》のマナポーター』のアトハ先生。及び他社のＫ先生、Ａ先生が企画の会議をしていた時に、この作品は生まれました。そこで、お蔵入りさせるのも勿体ないので、私が執筆担当に名乗り出たという経緯で成り立っています。執筆途中色々とつまずきましたが、すかいふぁーむ先生にもご助力を頂き、最終的にはこの形に纏まりました。楽しんで頂ければ幸いです。

それでは謝辞を述べさせていただきます。本作に協力して頂いた先生方、及び担当様。本作を銀賞に選んで頂いた編集部の皆様。素晴らしいイラストを描いてくださりました桑島黎音様。そして本作を読んで頂いた読者様方。皆様、誠にありがとうございました。願わくばまた次の機会でお会いできることを祈っております。

九十九弐式

ダッシュエックス文庫

世界最強のジョブ・レンダー《職業貸与者》
～パワハラ勇者パーティーから追放された少年の異世界無双～

九十九弐式

2023年4月30日　第1刷発行

★定価はカバーに表示してあります

発行者　瓶子吉久
発行所　株式会社　集英社
〒101−8050　東京都千代田区一ツ橋2−5−10
03(3230)6229(編集)
03(3230)6393(販売／書店専用)　03(3230)6080(読者係)
印刷所　図書印刷株式会社
編集協力　法貴仁敬(RCE)

ISBN978-4-08-631505-0 C0193